# 숲을 거닐다

KB192742

# 숲을 거닐다

숲이 들려주는
위로와 노래

김인자 숲 산문집

푸른문학

# 힘이 들 땐 숲으로 들어가
# 지칠 때까지 걸으면 돼

새벽, 뿌리와 뿌리가 서로를 더듬어 어둠 속에서 깨어날 시간이 되면 마음에서 딸랑딸랑 종소리가 나고, 몸이 살짝 가벼워지는 기분에 사로잡히거나, 나뭇잎이 바스락대며 서로의 등과 옆구리를 긁어주는 정다운 소리, 다람쥐가 도토리를 물고 달아나는 소리, 혹은 나무 그림자가 가만가만 내 얼굴을 더듬을 때의 간지러운 행복감, 놀랄 만큼 정교한 물결 무늬를 조각한 신전의 기둥처럼 곧은 선이 주는 안도감, 단지 키가 커서가 아니라 뭔가 우러러 보게 하는 어떤 힘, 고요하지만 고요하지 않는, 맑고 빛나는 정적, 그 숲에는 춤추는 나무가 있고 노래하는 나무가 있고 책 읽어주는 나무가 있다. 나는 숲이 주는 이런 작은 소란들을 사랑한다. 내가 새벽 가문비 숲을 좋아하는 이유는 그곳이라면 어떤 조건도 이유도 없이 우리들의 고단한 영혼을 쉬게 하는 마법 같은 힘이 있기 때문이다.

나는 학문적이고 지식적인 사람보다는 자연 속에서 온몸으로 소통하고 대화할 줄 아는 사람을 좋아한다. 나이와 무관하게 아이처럼 호기심이 가득한 사람이면 좋겠다. 궁금증이 생길 때마다 경험과 지혜를 앞세워 손발을 분주히 움직이고 결국은 자신만의 답을 찾아내는 실천형을 좋아한다. 거기에 언제든 나의 질문에 답할 준비가 되어있는 사람이면 금상첨화겠지.

휴양림 숲에서 몇 번 밤을 보낸 적이 있다. 해가 지면 나무들은 거인처럼 키가 자라 숲은 재빨리 검은 옷으로 갈아입는다. 그리고 낮동안 열심히 모은 광합성 에너지를 지하로 내려보낸 다음 그들도 자리에 든다. 숲은 평생 살아있는 모든 생물에게 최상의 산소와 필요한 양분을 제공하기 위해 헌신하는 삶을 산다.

나무도 살아있는 생물이기에 좋은 산소가 필요하고 휴식기도 가져야 한다. 필요에 의한 것이라 해도 사람은 다른 환경에서 살고 있는 나무의 모든 것을 이해할 수 없는 건 당연하다. 같은 종의 인간이라도 우리 또한 누구를 온전히 이해한다고 말하기 어럽듯이.

모든 생물은 생존에 필요한 에너지를 양질의 자연빛으로부터 얻는다. 그 어떤 생명도 빛을 무시하고 생을 이어갈 순 없다. 나무 한 그루의 생명이 연필 한 다스로 마침표를 찍는다해도 그것이 전부가 아니라는 걸 알아야 한다. 그러므로 나무들은 저마다 살아가는데 있어 미래지향적인 설계를 하지 않으면 안된다.

우기가 끝나고 무더위도 한 풀 꺾여 어느새 햇빛 속에는 잘 마른 가을향기가 느껴진다. 사람 사이에서 떨어져 나온 잔잔한 기쁨과 슬픔들이 물 위를 가만가만 부유하다 수심이 깊은 곳에 이르자 갑자기 소용돌이에 휘말려 사라진다. 생존을 위한 새로운 변신을 거듭하는 존재가 나무라는 걸 모른 척해서는 안된다. 나무보다 위대하고 치밀하고 아름다운 존재는 없다.

모든 숲을 애정하지만 이번에는 가문비 숲을 조금 더 편애한 느낌이 없지 않다. 이유는 간단하다. 북유럽으로부터 가문비나무가 국내에 들어온 지는 100년 정도지만 아직도 우리나라에선 가문비나무 하면 모양은 그렇더라도 이름조차 생소해하는 사람이 많은 게 사실이다. 가문비나무가 잘 살 수 있는 곳은 기온이 낮은 고지대인데 기후변화로 불과 몇십 년 후면 고지대를 지켜온 가문비나무, 주목, 전나무, 자작나무 등이 이 땅에서 사라질 수도 있다는 국내 연구자들의 연이은 발표를 듣는 순간 마침내

올 것이 오는가 싶어 가슴이 철렁했다.

내가 이토록 열심히 산을 찾고 숲을 찾는 건 나무를 좋아한다는 이유가 가장 크지만, 그보다 오늘은 내 의지로 걷지만 내일은 걸을 수 없을지도 모른다는 두려움 때문이다. 이 책의 집필의도는 내가 숲행으로 얻고 누려온 소소한 행복감을 일반 독자들과 나누고자 함이다. 아침산책이 밤동안 두 다리의 느슨해진 감각을 팽팽하게 조이는 의식이라면 일상에서의 걷기는 몸으로 하는 기도이고 발로 하는 묵상이란 걸 새벽산은 알고 있을 것이다. 오늘의 걷기는 숲이 주는 온갖 노래와 사랑스러운 소란만으로도 하루치 마음양식으로 충분했다고 생각한다.

힐링, 무위, 뜻밖에 아주 좋거나 즐겁거나, 혹은 아주 싫거나 나쁜 것이 없는, 평온하지만 덤덤하고 자유로운 마음상태, 맑고 쾌적하여 무엇이든 할 수 있을 것 같은 건강한 정신, 깃털처럼 신선하고 가벼운 두뇌, 경쟁으로 인한 두려움과 극단적인 속도로부터 경계가 무너지면서 찾아온 느림의 여유, 하나도 소유하지 않고 모두 누릴 수 있는, 소소해 보이나 이 모두는 숲(자연)이 주는 무제한급 선물이다.

내가 산에 빠져있을 때, 히말라야 14좌 8천미터 봉우리를 40번 이상 오른 경력을 가진 네팔의 살아있는 전설, 다와 왕추 셰르파Dawa Ongju Sherpa가 일러준 말을 기억한다.

"머리가 복잡하고 몸이 힘들 때 나는 배낭을 지고 설산으로 들어가 걷는답니다. 디디도 그렇게 해보세요. 몸이 힘들거나 머리가 무거울 때 조용히 높은 산이나 숲으로 들어가 지칠 때까지 걸어보세요. 걷다보면 무엇을 고민했는지조차 까맣게 잊고 휘파람을 불며 집으로 돌아오는 자신을 발견하게 될 테니까요."

24년 가을 대관령 산방에서 씀

# 차례

## 제2장 | 개와 늑대의 시간

## 제3장 | 여행, 여자에게서 여자에게로

## 제4장 | 다시 가문비나무를 찾아서

제
1
장
— 노래하는 나무

# 춤추는 나무를 아세요?

5월 나무 그림자가 뺨을 간질이는 가문비 숲에 누워 작은 씨앗 하나가 잠자리 날개처럼 공중에서 빙그르르 돌다가 다른 씨앗을 만나 가볍게 토스하는 그 아찔한 풍경. 나의 숲 이야기는 서른 즈음에 경험한 작고 아름다운 기억 하나로 시작된다. 나무 이야기의 원형이고 본류다.

절망을 경유하지 않는, 그리하여 꽃길만 생각하는 삶은 얼마나 허황하고 어리석은가. 어느 날 나는 점점 힘이 빠져가는 다리가 걷기를 거부하는 걸 원치 않았으므로 틈만 나면 찾아가는 곳이 숲이었다. 잘 다듬어진 트랙은 무력감을 부추기고 자연스러운 걷기를 방해하는 요소라면, 좋은 걷기는 흙을 밟으며 거칠지는 않더라도 내게 맞는 장애물, 오르막과 내리막이 적당히 섞여 있는 것이 좋다. 머리 위로는 파란 하늘, 바람은 나뭇가지를 흔들고 빛과 그늘이 공존하는 그 안으로 몸을 밀어 넣는 순간 신성을 느낄 수 있는 걷기에 이상적인 곳. 그런 장소는 '숲'일 것이다.

언제부턴가 틈만 나면 가문비 숲으로 달려가곤 했다. 이것은 영혼이 시켜서 하는 일이라기보다 두 발이 알아서 하는 일이었으므로 거기에 특별히 생각을 입히려 하진 않았다. 그냥 흘러가는 대로 두고 보자는 심사였기에 자주 숲을 걷거나 나무에 등을 대고 바람 소리를 듣거나 오래 부동으로 앉아 빛이 어디로 이동하는지를 지켜보는 시간이 조금씩 길어지고 있을 뿐이었다. 그러던 차에 한동안 무심하던 그녀와 연락이 닿았다.

"만약, 네가 온다면, 가문비나무 숲으로 데려가 줄게."

한 줄 미끼에 덥석 걸려든 친구, 나는 그와의 약속을 위해 은밀하고도 신성한 숲으로 그를 안내했다. 우리는 가문비 숲에서 서로에게 카메라를 들이대는 무례를 서슴지 않았다. 그는 나를 담았다 했으나 나는 그를 겨냥했던 것, 그 모두 애정(?)이 저지른 일이었음을 그를 배웅하고 나 또한 내 자리로 돌아와서야 알게 된 사실이다. 역시 신은 인간에게 경험 전에 얻을 수 있는 깨달음까지는 허락지 않았음을 알았다.

가문비나무 혹은 독일가문비나무라 이름하는 이 나무는 북유럽에서 건너와 연말이면 온갖 장식물로 우리를 달 뜨게 하던 크리스마스트리, 악기가 되는 나무, 소리를 내고 노래를 아는 나무, 노래가 되는 나무, 바이올린, 첼로, 기타 등등 현악기를 명기의 반열에 오르게 한 바로 그 나무다.

공교롭게도 때맞춰 평범해 보이는 가문비나무가 명기 바이올린이 되기까지의 제작 과정을 다룬 책 한 권을 손에 넣었다. 가문비나무에 대한 동경 때문인지 이 책은 잠자고 있던 나의 독서열을 부추겼다. 나는 이 책의 첫 장부터 밑줄을 긋기 시작했다. 마치 어린아이가 점으로 그려진 그림 노트를 연필로 밑그림을 그리고 자기가 좋아하는 색으로 칠하듯 맘 놓고 나는 줄을 그었고 작가가 의도하는 바를 보물 찾기처럼 찾고 있었다.

출생과 함께 몸의 반은 캄캄한 지하로 내려가고, 나머지 반은 허공을 향해 솟구쳐 오르는 건 나무의 숙명이다. 입동 지나 만

나는 단풍나무는 한을 품고 억울하게 죽은 망명자의 피처럼 붉다. 한 몸으로 태어나 지표면을 중심으로 전혀 다른 환경에서 살아야 하는 출생의 비밀까지는 알 수 없으나, 지상에 단풍나무만 그런 것이 아니라면 무엇이 문제일까. 온몸에 혈관이 터져 분수처럼 솟구쳤다가 급기야 바닥을 피로 물들인, 볼 수 없는 뿌리는 덮어두더라도 보이는 지상의 저 반쪽은 여름내 아껴 모은 물감으로 바닥을 칠하느라 마지막까지 고단했겠다.

새떼처럼 몰려와 붉은 낙엽과 더불어 옹색한 평상에 몸을 펴고 재재거리던 단체 관광객은 썰물처럼 빠져나가고 섬은 다시 고요에 묻혔다. 태초의 그날처럼 저녁놀은 북한강을 물들이고 바닥을 베고 누운 단풍에 취해 고의적으로 막배를 놓치고 작은 섬에 홀로 남은 나는 옷을 갈아입고 저 피 같은 단풍나무를 위한 제를 준비하려 했을 때 욕정이 사라진 탓인가. 단풍잎은 마지막까지 저리 붉게 타오르는데 내 몸은 때이른 한파로 바들바들 떨고 있었다.

사소한 일이라도 인간은 자신이 잘하지 못하는 것에 대해 열등감으로 힘들어한다. 나의 경우 뭘 잘못해 성적이 바닥이어서 힘든 게 아니라 잘하지 못하는 것에 집착하려는 마음 자체를 힘들어하는 게 아닌가 싶다. "사람이든 나무든 어느 정도 시도해 보다 아니다 싶으면 그것만 고집하지 말고 시선을 옮겨 즐겁게 잘할 수 있는 걸 찾아야 해," 미련한 인간들을 보며 아마 나무는 그렇게 독백하지 않았을까.

나는 이 글을 시작하기 전, 마음을 새롭게 하기 위해 남이섬으로 만추의 여행을 떠났다. 얼마 만에 느껴보는 해방감인지. 그러나 이게 무슨 조화인지, 집을 나서는 순간부터 나는 너무나 글이 쓰고 싶어 겨우 1박으로 위로를 얻고 다음 날 제자리로 돌아오고야 말았다. 지루한 일상이 단 하루 만에 그리운 공간으로 치환할 수 있는 건 여행이 주는 특별 선물이다. 여행의 피로를 따뜻한 물로 씻어내고 평소처럼 책상에 앉으니 아, 비로소 이런 평온이, 이런 평화가~~

# 나무가 노래를 들려줄 때까지

무성해진 숲을 본다.

어디에 머물든 내가 보는 숲은 너라는 생각을 한다. 겨울나무는 수종의 처음을 뿌리라 하고 그 끝을 측지라 부른다지. 여름의 초입이니 수종의 끝은 잎이라 해야겠다. 시간은 그렇게 움직이지, 겨울과 여름 사이를 기억하네. 그보다 함께 했던 모든 시간을 압축한 조그만 집 하나를 그려보면 좋겠다. 시간의 공간화라고 생각하자. 그 압축파일의 큐빅 속에는 경이로운 방이 하나 있다. 감각이 숨 쉬는 공간, 현미경과 잠망경 사이 우리 몸은 춤을 춘다. 대들보에 앉아 있는 올빼미, 천장에 누운 설표, 바닥을 미끄러지듯 움직이는 화사, 모퉁이 구석으로 줄을 늘어뜨린 채 뒤영벌을 기다리는 거미, 허공을 가르며 윙윙거리는 모기 한 마리, 탁자 위를 서성이는 파리 두 마리, 그들 모두가 촉수를 세워 우리의 감각을 인식하고 있다고 상상해 보자. 감각의 해바라기 한가운데 천천히 아주 깊게 물속을 더듬으며 지금 나는 몸이 일러주는 대로 물살을 휘저으며 너에게로 헤엄쳐가고 있다.

지금은 새벽 3시, 창이 환해지려면 서너 시간은 족히 기다려야 한다. 평소처럼 거실에서 가벼운 몸풀기를 하고 커피 한 잔을 내려 내가 좋아하는 흰 자작나무토막 위에 찻잔을 올려놓고 하루를 여는 의식을 취한다. 모니터 화면에는 지난가을 빛이 가득 들어찬 가문비 숲에서 담은 이미지 사진이 걸려있다. 요즘 나는 바이올린 곡을 들으며 가문비 숲을 서성대는 꿈을 자주 꾼다. 꿈 속의 나는 가지고 싶고 누리고 싶은 모든 것을 가진 사람처럼 평온해 보인다. 무한한 에너지를 가진 숲이 주는 충만함이 얼굴에 그대로 묻어있다. 그것은 꿈에서뿐만 아니라 일상에서도 숲에 머물 때만은 누가 봐도 나는 그런 표정을 하고 있을 것이다.

"깨어있음으로 현재에 충실한 삶은 카이로스가 무엇인지 아는 삶이라 했으며, 카이로스는 생명으로 채워진 현재"라고 말한 사람은 마틴 슐래스케다. 그는 가문비나무를 '노래하는 나무' '거룩한 나무'라고 주저 없이 말한다. 작은 씨앗 하나가 발아를 하여 수십 혹은 수백 년 시련 속에서도 생명을 포기하지 않고 고목으로 자라 전문가들에 의해 발굴되어 그것이 명기가 되기까지의 과정이란 그 어떤 생의 여정보다 신비롭고 거룩하지 않을까 싶다.

가문비나무를 중심으로 사계절 나의 관찰일기가 시작되었다. 이 기록들이 혹여 단편적 감상에 그칠지라도 틈틈이 나는 숲으로 달려가 그들의 친구가 될 것이다. 지극히 평범한 무리 속에서 자신의 존재감을 드러내지 않고 명기가 되기까지는 요원한 시간과 운명의 작용이 개입하지 않을 수 없을 것이나 설령 기대와 달리 악기가 될 확률이 제로에 가까울지라도 포기하지 않고 틈틈이 그들이 부를 아직은 탄생하지 않는 미래의 노래에 귀를 기울여볼 생각이다. 훗날 이 모든 행위가 부질없는 짓이란 걸 기어이 확인하게 되더라도, 나무를 사랑하고 숲을 서성댄 시간만큼은 카이로스 그 자체였을 것이기에 보상은 그것으로 충분하지 않을까 싶다.

나는 베어지기 전 본래 다듬지 않는 소리로 부르는 단순한 나무의 노래(불순물이 섞이지 않는 타악기 연주)를 좋아한다. 그것은 아무도 가르쳐 주지 않았고 배우지 않는 자연상태에서 소리를 노래로 듣고 즐길 줄 아는 이들만 취할 수 있는 특별한 하모니에 속한다.

　어떤 악기는 무겁고 둔탁한 소리를 내고, 어떤 악기는 낯선 밤의 고독을 닮은 깊은 소리로 답하지만, 어떤 악기는 톱날처럼 날카로운 고음으로 폐부를 찌른다. 물론 경쾌하고 발랄한 소리도 무수히 많을 것이다. 그것은 하나의 악기가 하나의 소리만을 내도록 규정 지어진 것이 아니란 의미이기도 하지만, 같은 악기로 같은 연주자가 같은 곡을 연주하더라도 소리는 매번 천차만별일 것이므로 그것은 연주자와 악기의 문제가 아니라, 연주자의 그날 기분과 날씨 등이 악기가 어떤 소리를 내는지 영향을 받는다는 의미겠다. 하여 모든 악기는 저마다 개성 있는 다른 소리를 안고 탄생하는 것이고 그 악기를 만든 장인들은 같은 소리를 목표로 악기를 다듬되 그들만의 아름답고 개성 있는 소리를 찾아내는 의무감을 초월한 예술적 감각으로 승화시키는 사람을 장인으로 인정하는 것도 그런 의미가 아닐까 싶다.

　내 책상에는 지난가을 발왕산에서 데려온 가문비 열매 한 쌍이 깊은 잠에 빠져있다. 봄이 숲에 입춘방을 붙일 때를 기다려 저 열매를 그들 요람이 있는 숲으로 데려다줘야겠다.

바닥에 연연하는 것들

　나무의 영혼과 대화를 하고 나무를 달래고 다듬을 줄 아는 사람은 몸 깊숙이 감추고 있는 나무 고유의 결을 찾아 그들의 언어로 대화할 줄 아는 사람이다. 장인이 나무의 아름다운 결을 찾아내고도 그 공을 나무에 돌린다면 나무 또한 그 소리가 자신에게서 나온 소리가 아니라 장인의 손끝이 찾아낸 쾌거 중 하나라고 생각할 수도 있겠다. 그렇듯 소리와 외형의 미적 기준 또한 나무와 그 나무를 알아보고 그 안에 갇혀있던 소리를 찾아내는 것은 장인 고유의 능력일 확률이 높다. 때로는 무조건 이해하는 방법보다는 있는 그대로 인정하는 방법이 서로에게 필요할 수도 있으니까. 나무와 사람의 관계도 그런 경우가 아닐까.

내가 자주 찾아가는 가문비나무 숲은 나무박물관을 연상하게 하는 전나무, 잣나무, 소나무, 잎갈나무 같은 침엽수림을 차례대로 통과해야만 한다. 다소 고집스러워 보이는 가문비나무는 서늘한 고지대에서 잘 자라는 특성을 보여준다. 가문비 숲으로 들어가면 안기는 듯한 느낌이 금세 마음을 평온으로 이끈다.

이날은 뜻하지 않게 바닥에 수북이 고인 색色에 마음이 붙잡히고 말았다. 4월이면 겨울 끝자락인데 엷은 녹색(내 눈엔 분명 쑥색이다)의 물결을 이루는 저들의 정체는 뭘까, 하는 궁금증이 생겼다. 빗자루로 쓸어 담는다면 몇 자루는 거뜬히 모을 수 있을 만큼 많은 양이다. 늘 그 숲을 지나다니지만 공교롭게도 자세히 보지 못했던 그것은 다름 아닌 가을과 봄이 오는 현재까지 스스로 떨궈낸 가문비나무 낙엽이란다. 침엽수 낙엽은 주로 붉은색을 띠지만 가문비나무 잎의 크기는 소나무와 비교했을 때 3분의 1 정도로 작고 색깔부터 독특하다.

마침 한바탕 회오리바람이 가지를 흔들고 지나자 샤샤샤스스스~ 가랑비 소리를 내며 머리 위로 떨어지는 4월의 보드라운 가문비 낙엽들. 이 고운 잎이 가문비 낙엽이 맞는지 의심의 눈초리로 바라보다 다른 숲에서도 같은 현상을 확인한 후에야 틀림없다는 확신에 이르렀으니, 바보도 이런 바보가 없다.

"가문비나무는 우리에게 죽은 것을 버리라고 가르친다. 옳지 않은 것과 헤어지라고 말한다. 빛을 가리는 모든 행동과 결별하라고 이른다."

– 마틴 슐레스케

그러니까 저토록 아름다운 색을 가진 가문비 낙엽들은 가문비나무가 옳지 않은 것, 죽은 것은 단호히 버리라는, 버려야 한다는 명령에 따른 것일까. 그 많은 가지와 이파리들을 밀어내고도 주저앉기는커녕 하늘로 솟구치는 가문비나무들은 더 빛나고 강해지기보다 단단해지기 위해 아름다운 노래와 바람을 기다리며 지금의 시련을 즐기는 건 아닐까.

겨우내 가문비나무가 제 몸을 가리고 있던 옷으로 이불을 만들고 그 이불로 자신의 뿌리를 덮는 지혜를 인간인 우리가 어찌 알겠는가.

나는 가문비나무가 가진 작은 비밀 하나를 캐기보다 그 신비한 양탄자를 맨발로 밟거나 손가락으로 쓰다듬기 위해 몇 번이나 그 숲을 찾아가곤 했다. 숲이 아무리 쓸모없다 내동댕이친 것일지라도 내게 온 것들, 나와 교감한 것들은 쉬이 결별하지 못하는 나, 신의 영혼을 빌려 산다는 나무와 내가 다른 점이 어디 이뿐일까.

나무는 시공간 속에서 한순간도 가만히 있는 법이 없다고 한다. 로마의 시인이자 철학자 '루크레티우스'는 자신의 경험에서 우러나온 자신만의 확고부동한 철학을 다음과 같이 정리하고 있다.

"영원한 것은 하나도 없다 만물은 유전한다.
단편에 단편이 이어져 사물이 된다.
우리가 알아보고 이름을 붙일 때가 되면
점차적으로 사물은 용해되어
우리가 알고 있던 사물은 이미 존재하지 않는다."

한곳에 붙박여 살다가 때가 되면 조용히 스러지는 나무들, 모두가 자기 나름의 주장을 펼치며 창의적이고 진취적인 전략을 구사하면서 치열하게 살고 있다.

# 우리는 무엇을 위해 사는가

어느 마을이나 장인 혹은 명장 소리를 듣는 손재주 좋은 사람 한둘은 있기 마련이다. 왼손 중지와 약지, 새끼손가락이 없는 김 목수를 사람들은 '칠손이'라 불렀다. 천성이 바지런한 것은 물론이고, 그의 손재주에 감탄하면서도 그놈의 재주 땜에 마누라가 야반도주했을 거라며 사람들은 대놓고 수군거렸다. 언제부턴가 아저씬 입을 닫는 대신 손은 더 바빴다.

하루는 아저씨가 거친 나무를 톱으로 자르고 망치로 두드려가며 열심히 공예품 만드는 과정을 지켜보았다. 그 흔한 설계 도면도 없고 말수까지 적으니 뭘 만드는지 궁금했지만 말을 걸면 쫓

겨날 것이 뻔하니 입을 다물 수밖에.

톱질을 할 때마다 향긋한 나무냄새와 나무 먼지가 아저씨 머리와 얼굴에 가는 눈발처럼 내려앉았다. 나무를 다듬는데 없는 손가락 세 개는 문제가 되지 않았다. 못을 쓰지 않아도 모서리마다 연필(먹줄)로 줄을 긋고 그 줄을 따라 홈을 판 후 나무와 나무 사이의 각이 잘 들어가 맞도록 천을 둥글게 말아놓은 망치를 톡톡톡 두드려 벌어진 아귀를 맞춰갔다. 도저히 맞물릴 것 같지 않던 나무와 나무가 본시 한 몸이었던 것처럼 딱 맞아떨어질 때, 어휴~ 하고 나도 모르게 탄성이 터지곤 했으니 직접 나무를 다루는 아저씨의 기분은 어땠을까.

보는 것만으로 마치 아저씨가 느끼는 그 기분을, 나 또한 비슷한 성취감에 사로잡히는 듯했으니, 혼잣말로 "이제 됐다, 딱 맞았네"라고 내가 추임새를 넣으면 아저씨도 기분이 좋은지 머리와 눈썹에 하얗게 달라붙은 나무 먼지 따윈 아랑곳 않고 아저씨만이 할 수 있는 행복한 미소를 짓곤 했다. 하루가 10분처럼 지나가던 시간의 속도는 설명할 길이 없다. 한나절이 지나 완성된 그것은 내가 그토록 궁금해하던 아저씨의 작품은 자라면서 처음 본 '우편함'이란 걸 알았다.

다음 날 그 편지통을 다시 보려고 찾아갔지만 아저씨도 편지통도 보이지 않았다. 그로부터 얼마 후 읍내 최부잣집 대문에 문제의 편지통이 붙어있다는 걸 소문으로 알았고, 아저씨가 만든 편지통이 있는 그 집을 나는 몹시 부러워했다. 어쩌다 읍내에 갈 일이 생기면 나는 그 편지함을 보고 와야 직성이 풀렸다. 저 예쁜 우편함에서 편지를 꺼낼 수 있는 사람은 얼마나 행복할까. 아니다, 내가 저 번지로 익명의 편지를 보내면 어떨까. 그런 상상은 훗날 편지에 대한 아름다운 로망을 갖게 했다.

얼마 후, 나는 아저씨가 가르쳐 준 대로 대패질을 시도해 봤지만 손목에 힘만 잔뜩 들어가고 결과물은 기대와 달랐다. 거친 표면을 샌드페이퍼로 다듬을 때 나는 팔이 떨렸지만 왠지 모를 뿌듯함과 기분이 향긋해지는 걸 느꼈다. 대패 날이 삭삭 소리를 내고 지나가면 잘 마른 나무가 미농지보다 얇은 제 살을 덜어낼 때마다 뿜어 나오던 은은한 향, 칠손이 아저씨는 목수라는 직업 외에 나무를 전문으로 다루는 '나무 향수 감별사' 같았다. 그것은 나 혼자만 부를 수 있는 아저씨의 이름이기도 했다.

성년이 된 후 나는 세상에 그렇게 비싸고 유명한 향수 대부분이 꽃으로 만들어졌다는 걸 알았을 때 왜 나무 향기를 채집해 향수를 만들지 않는지에 대해 의문을 갖기 시작했다. 나무는 종류마다 서로 다른 자연 향을 품고 있어 나무를 만지다 보면 코끝을 맴도는 향기에 절로 기분이 좋아지곤 했다. 그 시절 조그만 계집 아이가 목수가 되고자 했다면 조롱거리가 될 게 분명했기에 나의 그 꿈은 한 번도 발설하지는 않았고 지나가는 많은 꿈 중 하나였을 뿐이었지만 생각해 보니 그때 나무 만지는 것을 좋아했던 것이 계기가 되어 숲에 대한 맹목의 사랑 역시 눈을 뜨기 시작한 건 아닐까.

　나는, 부분을 보고 전체를 상상하는 것보다 전체를 보고 부분을 상상하는 것을 좋아한다. 도화지 한 장에 보다 많은 사람이나 사물을 그려 넣는 그림보다 여백이 있는 그림을 좋아하는 것도 그런 맥락일 것이다. 나무에게서 멀어질수록 숲의 전체는 볼수 있지만 내가 바라는 미세한 떨림이나 향기나 울림 같은 건 그만큼 멀어질 수밖에 없다는 걸 알았고, 반대로 밖으로 나와 있던 책상 서랍을 본래의 자리에 끼우듯 숲을 향해 조심스럽게 내 몸을 밀어 넣을 때 피톤치드가 안개처럼 흘러 다니는 숲은 내 몸의 부피만큼 자신의 자리를 허락한다는 것도 알게 되었다. 이를테면 더위에 시달렸던 몸도 숲으로 드는 순간 서늘한 기운으로 가뿐하게 씻기면서 몸과 마음이 동시에 청량해지는 이런 현상이야말로 숲이 주는 선물이 아닐까.

책, 책상, 식탁, 의자, 가구, 필기구, 캔버스, 수저, 쟁반, 목각인형 등등 이 모든 것들의 고향은 숲이고 나무로부터 왔다는 걸 어린아이도 안다. 그러니까 나무는 우리의 일상과 분리될 수 없는 연결고리를 갖고 있다. 찬찬히 둘러보면 현재 각자 생활공간에서 자주 쓰고 애정 하는 물품들도 대부분은 나무로 만들어졌다. 돌이나 금속은 단단하고 견고하지만 나무는 부드러워서 다분히 사교적이다.

나무는 살아서 베풀고 죽어서도 베푼다.

그 죽음 이후에 다시 억겁의 삶이 기다리고 있다면 그 억겁도 베푸는 삶이 될 것이다. 긴 시간을 살면서 그 어느 것 하나 자신만을 위해 살거나 자신만을 위해 죽음을 선택하지 않는 거룩한 나무. 그것이 무엇이든 주기 위해 살고, 주기 위해 죽는 나무. 씨앗으로 땅에 묻히는 순간부터 베풀며 살다 때가 되면 오로지 베풀기 위해 스스로 삶을 내려놓는 나무. 거기서 다시 누군가의 손을 빌려 명기로 태어나고 또 다른 누군가에겐 다른 그 무엇으로 환생을 거듭하는 나무. 이보다 거룩하고 성스러운 존재가 어디 있으며 아름다운 생이 또 있으랴. 숲을 드나들면서 옳고 그름으로 판단할 수 없는 것들의 가치에 대해 거듭 생각하게 된다. 생生이 곧 멸滅이고 멸滅이 곧 생生인 무한한 나무의 존재감을.

"햇빛이 도착하면 금세 즐거워지는 가문비나무 숲."
우울할 때 내 기분을 업 시켜주는 나만의 주술이다.

지금은 추위가 가시지 않아 잔뜩 몸을 웅크린 채 서성대고 있는 새벽 숲이다. 어디서 왔는지 온화한 기운이 내 어깨를 부드럽게 터치하는 걸 느껴 반사적으로 몸을 돌렸을 때, 생전 처음 마주하는 듯 산을 넘어온 신기루 같은 빛이 일제히 가문비나무에 닿는 순간 내 입에서 터져 나온 탄성. 생명을 가진 모두에게 새 아침, 새 빛이야말로 구원이라는 걸 깨우쳐준 아름다운 순간이었다. 이제 나는 하루가 멀다 하고 산과 나무의 일부처럼 가문비 숲에서 그 빛을 기다린다.

거목 앞에 서면 우람한 기둥과 무성한 잎에 집중하느라 드러 나지 않는 뿌리는 안중에도 없거나 아예 전이다. 그러나 나무를 관찰하다 보면 그 나무를 키운 뿌리에 대한 연민을 외면할 수가 없다. 특히 사람들이 자주 다니는 산길은 나무뿌리가 바닥 위로 드러나 흙은 숨을 쉴 수도, 빗물을 받아 마실 수도 없을 만큼 단 단하니 그 괴로움이 오죽할까. 드러나는 나무를 지탱하게 하는 건 드러나지 않는 뿌리의 힘이라는 걸 부정할 사람은 없을 것이 다. 깨알 같은 씨앗 하나가 땅에 묻히고 지표면을 중심으로 지상 과 지하를 나뉘어 역할을 분담하기로 했을 때 날마다 키를 달리 해 세상을 즐길 생각으로 행복했을 잎과는 달리 뿌리의 마음은 어땠을까. 경험해 보지 못한 지하 생활이 두렵진 않았을까.

알고 보면 가지나 잎도 뿌리에 기대 그저 먹는 생은 아닐 것이 다. 낮 동안 열심히 모은 빛과 양분을 지하로 내려보내는 건 역 시 잎이 하는 일이니. 뿌리는 지상만을 고집하는 가지와 잎의 생 장을 돕는 대신 그들이 모아 모아서 내려주는 빛을 받아 부족한 양분을 채운다. 한 그루의 나무가 지상과 지하를 나누어 협업을 하는 건 생존을 위한 신의 뜻이고 그들만의 약속이다.

뿌리는 고요하다. 웃는지 우는지 슬플 땐 어떻게 그 슬픔을 삼키는지 사람인 우리는 알 도리가 없다. 새들이 나뭇가지에 앉아 합창을 하고 초록 이파리들은 스스스~ 바람의 노래를 따라 몸을 흔들고 사람들은 나무 그늘에 앉아 행불행을 이야기한다. 그 모든 것이 뿌리에게 바치는 헌사일 것이다.

언젠가 장마 끝 무렵, 묘목장에서 토사가 흘러 한 뼘쯤 자란 전나무 묘목이 본래의 자리에서 10미터쯤 아래로 휩쓸려 작은 바위를 붙잡고 어리둥절해 하는 걸 보았다. 어린 묘목은 그때 자신이 어떤 상황에 처했는지 알았을까. 그 후로도 한동안 묘목은 그곳을 지켰다. 그제야 나는 발을 벗고 들어가 앙상하게 마른 묘목을 물에 담갔다가 산을 내려오면서 땅을 파고 심어주었다.

사람이든 짐승이든 숨이 멎으면 땅으로 돌아가지만 나무의 경우 살고자 하면 땅을 벗어나선 안되는 일이었다. 볼품없는 묘목이라도 다행히 살아주면 고맙고 죽어도 어쩔 수 없는 일이었다. 곧 겨울이 왔고 한 이태 나는 그 일을 잊고 지냈다. 그러던 어느 봄날 한 자쯤 자란 꼬맹이 나무가 겁도 없이 내 발을 걸어 하마터면 넘어질 뻔했는데 가만히 보니 바로 그 나무였던 것. 같은 때에 식재를 한 주변의 또래 나무보다 월등히 작았지만 그래도 살아있다고 내 발을 걸어서라도 자신의 존재를 알리고자 했던 그가 행인의 작은 도움을 얻어 회생할 수 있었던 것도 역시 뿌리의 역할이 컸을 것이다.

어디에 어떤 나무를 심어야 하는지 아는 사람은 심안이 깊고 선견지명이 발달한 사람이라고 했다. 수십 년 혹은 수백 년 미래를 보고 지질에 적합한 수종을 고르고, 기후변화의 추이를 계산하는 안목과 지혜가 요구되는 건 두말할 필요가 없다. 나무는 지표면 위로 자라는 키만큼 역방향으로 뿌리를 내리뻗는다. 그것은 나무가 움직이지 않고 흙을 단단히 움켜잡고 지탱하게 하며 흙 속에 있는 산소를 취하고 뿌리털로 물과 무기양분을 흡수하여 하체를 강하게 단련시키는 역할을 담당한다. 모든 생명이 본능적 자기방어를 취하듯 나무의 뿌리도 다르지 않다는 걸 보여주는 대목이다.

인간과 달리 두뇌가 없는 나무가 이리 현명하게 진화해온 데는 그만한 이유가 있을 것이다. '될성싶은 나무는 떡잎부터 알아본다'고 했던가. 혹자는 말한다. 얼굴만으로 어떻게 그 속을 아냐고. 그것이 일반적인 상식이다. 그러나 한 뼘 크기의 묘목일지라고 줄기나 잎으로 뿌리를 가늠하는 것은 그리 어려운 일이 아니다.

좋은 땅에서 빠르게 자란 나무는 재질이 물러서 쓸모가 제한적이지만, 악조건에서 자란 나무일수록 목질이 촘촘하고 단단하여 가치가 극대화된다는 사실은 의심의 여지가 없다. 하지만 정상적으로 자랄 수 없는 환경을 가진 나무일지라도 가벼이 삶을 포기하는 일은 없다. 어려울수록 삶의 애착은 강해져 후일에는 그들만의 특별한 쓰임을 받기도 한다. 가장 천하고 가장 험난한 생을 산 나무가 장인의 손을 거쳐 뛰는 심장을 달고 귀한 악기가 되어 멋진 노래와 연주로 관중을 압도하는 일은 어쩌면 나무가 견뎌낸 세월에 비하면 그리 놀랄 일도 아니다.

포기를 모르는 나무를 애정하고 감히 뿌리의 비밀까지 알지는 못하지만, 평탄치 않은 운명을 예감한 나무들은 일찍이 다른 방법으로 생존전략을 모색해 왔다. 바다와 인접한 고지대거나 바람이 심한 지역에서 살아내야 하는 나무들은 불리한 쪽을 포기하는 대신 다른 한쪽에 집중한다. 키가 작은 나무들은 그만큼 몸집을 단단하게 만들어 자신의 가치를 극대화하는데 온 힘을 쏟지 않았나 싶다. '현명한 나무'라는 말은 그만큼 위기 대처 능력이 탁월하다는 말일 것이다.

사람이나 식물이나 끝까지 희망의 끈을 놓지 않고 노력하다 보면 언젠간 예기치 못한 선물이 기대 이상의 결과로 돌아온다. 이쯤에서 봄에 가장 활기차고 왕성한 소리를 낸다는 뿌리의 합창을 들어보자. 그 웅장한 합창을 듣기 위해 오늘도 나는 숲행이다.

신
의
대
리
인
나
무

    지구상에서 가장 오래 산 생물은 나무다. 기네스북에 따르면 캘리포니아의 '브리슬 콘 소나무Bristle cone Pine'는 수령 4,700년을 넘었고, 최근에는 9,500살이 넘는 독일가문비나무Norway spruce가 발견되어 화제가 되기도 했다. 국내에서 가장 장수한 나무는 강원도 정선 두위봉에 있는 주목으로 그 나이 무려 1,400살 이상이라고 한다. 지금까지 인간의 최장 수명은 122세, 얼마 전 일본의 장수노인은 117세 나이로 사망했다는 기사를 읽은 기억이 있다. 아프리카가 주산지인 바오바브나무는 약 5,000살을 산다고 한다. 내가 아프리카 여행 중 잠비아에서 만난 3,000년 이상 살았다는 바오바브나무는 여전히 초록 잎을 피우고 도깨비방망이처럼 생긴 열매를 달고 있었다. 그런 바오바브나무를 보며 더는 나무가 말을 버린 이유를 궁금해하지 않기로 했다.

가문비 숲에 도착. 주변을 둘러보고 키가 큰 대장 나무를 찾아 손가락 지문으로 도장을 찍고 숲을 둘러본다. 낭창거리는 녹색 이파리들이 빛을 뿜으며 물결처럼 찰랑거리는 모습이 무희들의 옷자락 같다. 아침 햇살은 누워있던 나무 그림자를 일으켜 세운다. 바람막이 점퍼 위로 떨어지는 나뭇잎 소리, 정수리와 손목에 가볍게 내리 꽂히는 기분 좋은 촉들, 나를 행복하게 하는 속삭임들, 눈을 감고 두 팔 크게 벌려 나무를 안고 귀를 댔을 때 내게 들려준 분명한 전언, 아무리 오래 산들 '매번 그날이 그날인 걸 용서해도 좋을 시간은 없다'는 따뜻한 충고.

어떤 힘이, 매번 나를 이곳 나무 사원으로 인도하는 걸까. 마음 가는 대로 치어다보고 기대고 만지고 안고 더듬게 하는 걸까, 작은 시련 앞에서도 체념에 익숙한 사람은 그 어떤 자족감도 누릴 수 없다고 단언한, 끝까지 포기하지 않고 노래하는 가문비나무를 찾아 헤매는 어느 바이올린 제작자의 집요한 열정을 조금은 알 것도 같다.

# 가문비나무의 고향

 

가문비나무의 평균 키는 50m에 이르며 수피는 적갈색이고 가지는 옆으로 길게 퍼지지만 햇가지는 밑으로 처진다. 겨울눈은 붉은색이 돌거나 연한 갈색을 띤다. 잎은 바늘 모양으로 단면이 사각형이며 길이 1-2cm, 끝이 뾰족하며 짙은 녹색을 띠고 윤기가 난다. 꽃은 암수 한 그루에 핀다. 수꽃은 원통형이고 갈색이며 암꽃은 장타원형이다. 열매는 구과, 원통형이며 아래를 방향으로 달리고 길이 10-15cm, 자줏빛이 도는 녹색이지만 익으면서 연한 갈색으로 변한다.

이들의 고향은 독일, 스웨덴, 노르웨이 등 북유럽이다. 춥고 그늘진 곳에서 잘 자라는 상록수로 세계적으로 널리 알려진 수종 하나가 바로 이 가문비나무다.

독일인들이 임업의 중요성을 잘 몰랐을 땐 천연림天然林을 벌채하여 목재를 이용하는 방법이 전부였다. 하지만 나무가 자라는 속도를 벌채가 앞지르자 위기의식을 느낀 독일 정부는 1800년대 초부터 백 년 계획으로 성장이 느린 '너도밤나무'나 '참나무'를 베어내고, 성장 속도가 빠르고 쓰임새도 다양해 생산가치가 높은 가문비나무를 중심으로 국토 녹화사업을 시작했다. 훗날 나무가 목재만으로 쓰이지 않았고 그것은 독일이 부를 이루는데 한몫을 했다. 현재 독일 숲의 37%를 차지할 만큼 경제를 부흥시키고 이바지한 나무가 바로 가문비나무다.

그런 변화를 지켜본 여러 나라(고지대나 기후가 맞는 나라)에서 그 사업을 벤치마킹하기에 이르렀으며, 1920년 경 우리나라도 처음으로 민둥산을 살리고 가난을 극복하기 위한 목적으로 가문비나무를 도입하게 되었다. 강원도 평창 발왕산에 위치한 '애니 포레' 가문비 숲이 그 한 예다. 그곳은 험한 비탈밭에 무성한 잡목을 제거하고 감자 농사를 짓던 화전민들의 터였다. 1968년 화전민이 이주한 자리에 '모나파크' 직원들이 시험적으로 심은 1,800여 그루의 독일가문비나무가 건강하게 자라 현재의 숲이 되었다.

가문비나무의 꽃말은 '정직과 성실'로 일밖에 모르는 모범공직자가 연상되고, 특히 독일가문비나무하면 신체 건강한 원리주의자 게르만 민족이 연상되기도 한다. 지금은 관상용으로 선호하는 추세지만 이 나무가 얼마나 다양한 역할을 하는지 사람들은 별 관심이 없어 보인다. 관심에서 멀어져 있다는 이유로 나는 이 나무를 애정 하게 되었는지도 모르지만.

가문비나무뿐 아니라 모든 나무는 혼자만 잘 살아보겠다 몸부림치지 않으며 뿌리째 흔들리는 고통도 견뎌야 할 시련과 고초로 받아들인다. 모든 나무가 수명이 다할 때까지 수시로 잎과 잔가지들을 떨쳐 내는 건 추위와 더위 비바람과 천둥 같은 거스를 수 없는 중력 때문이라지만 그들은 오랜 세월을 그리 살아왔으니 그 또한 특별할 것도 없다. 나무가 거친 환경에서 살아남거나 도태되는 과정은 수시로 빠져나가는 인간의 머리카락만큼 새로운 머리카락이 채워지는 이치와 비슷하지 않을까.

나무처럼 아름답고 싶다

가문비나무는 대부분 일정하게 둥글고 잔가지는 많으나 굵은 곁가지가 없어 곧게 자라며 키가 큰 것이 특징이다. 목피는 매끄럽다가 어느 정도 성장하면 거칠고 투박해진다. 하늘을 향해 쭉쭉 뻗으며 자라는 특성 때문에 초록 잎은 위쪽으로만 무성하고, 빛이 닿을 수 없는 중하층의 가지들은 말라 떨어지면서 자연스럽게 가지치기가 이루어진다. 가문비나무는 자신의 정체성을 잃지 않으려는 듯 일정하게 둥근 모양을 만들기 위해 부단히 자신을 채찍질했을 것이다.

인공조림일 경우 어쩌다 둥근 모양을 만드는데 실패한 나무들은 아직 살 수 있는 많은 시간이 남았음에도 벌목공의 눈에 띄는 순간 피도 눈물도 없는 권고사직보다 무서운 간벌의 대상이 되고 만다. 좋은 숲을 만들고 싶은 욕심에 자연이 할 수 없거나 시간을 요하는 일은 인간이 개입할 수밖에 없다고 하지만 과연 그것이 옳은 일인지는 섣불리 판단할 문제는 아닌듯하다.

하지만, 무수한 노력으로 원만하고 매끈한 몸을 만드는데 성공한 목재일지라도 잘라서 단면을 들여다보면 물결 모양을 이룬 나이테는 나무마다 간격이 일정하지 않다는 걸 알 수 있다. 토질이나 지속적으로 빛을 많이 받는 쪽과 그렇지 못한 쪽의 무늬는 확연히 다르다. 그런 내면의 변화를 겉으로 드러내지 않으려 애쓴 흔적들은 나무 전문가가 아니어도 잘라놓은 나무의 단면으로 어렵지 않게 짐작할 수 있다. 단순해 보이나 결코 단순하지만은 않는 나무가 오랫동안 지속적으로 자신의 몸에 새겨놓은 암호와 기호들, 얼마나 흥미로운가.


아직 우리나라 사람들은 산에 대해 도전의식이 강한 등산의 개념은 크지만 숲 자체를 즐긴다는 생각은 미미해 보인다. 지금은 달라지고 있지만 얼마 전만 해도 단지 삶의 질을 향상시키고 국민의 건강과 휴식을 위해 숲을 가꾼다는 생각은 못했던 것 같다. 아무리 부국이라도 숲은 하루아침에 조성 가능한 단기 사업이 아니므로 국가는 물론 국민 개인의 의식전환은 필수다. 내가 살고 있는 이곳 대관령만 봐도 인근 이름난 산에는 외지에서 온 등산객으로 바글거리지만 가까운 숲에선 사람 보는 일이 쉽지 않다.

노동(농사)을 하지 않는 시골살이는 자칫 게으름과 불규칙한 리듬으로 일상이 흐트러지기 쉬운데 나는, 적게는 하루 한두 시간, 많게는 서너 시간을 숲에서 보내고 있다. 이런 생활은 여행자로 살 때나 도시 생활자로 살기 이전부터 꿈꾸던 일이었다. 숲에서 배낭을 풀고 걷고 명상하고 차 마시고 책 몇 쪽 읽다가 귀가하는 이 단조로운 프로그램은 매일 하는 일이지만 귀가 시간이 임박해지면 늘 아쉬움이 남는다. 가끔은 숲에서 쓴 엽서를 대관령 우체국 인줏빛 우편함에 넣기도 한다.

"돌아보니, 아주 잠시라도 너를 이겼다고 생각했을 때 나는 한 번도 행복 같은 걸 느껴본 적이 없다. 그러나 졌다고 느꼈을 때, 아니 진짜로 졌을 때, 내가 두 팔을 높이 올려 항복의 자세를 취하며 느꼈던 그것이 진짜 행복이었음을 너무 늦은 지금에야 비로소 고백한다. 용서해 줘, 겉으로 나는 늘 이겼으나 늘 졌다는 말을 차마 할 수가 없어 이렇게 엽서로 대신하고 있다. 네가 그립다."

　고 이성선 시인의 시 '아름다운 사람'의 도입부는 이렇게 시작
된다.

　"바라보면 지상에는 나무처럼
　아름다운 사람은 없다."

　봄의 언저리, 연하고 환하게 영글어가는 꽃과 잎새의 시간, 매
일 보고 만나는 숲이 헤어질 때마다 사랑스러운 인사를 잊지 않
는다.

　"내일 또 올 거지? 기다릴게."

　숲을 끊지 못하는 이유 중 하나다.

# 다시 춘몽

눈을 뜬 채 꿈을 꿀 때가 있다.

현실이 오히려 비현실적 때, 바람의 짓이겠지, 안개는 이 숲과 저 숲을 순식간에 건너뛴다. 그야말로 신출귀몰하다. 나는 숲에 엎드려 꽉 다문 펠리컨 주둥이를 닮은 보랏빛 처녀 얼레지 꽃에게 말을 걸어보려던 참이었다. 하지만 꽃은 꽃의 말을 하고 인간은 인간의 말을 한다는 걸 왜 잊고 있었던 걸까, 그때 내 머리 위에 나타난 녀석이 있었으니 바로 수다쟁이 직박구리다. 이 새는 유령 같은 안개를 어떻게 가르고 내 앞에 나타난 걸까. 팔을 뻗으면 손안으로 들어올 듯 가까운 곳에 새가 있다는 것이 신기하고 반가워 나도 모르게 그만 '안녕!' 인사를 건넸더니 녀석도 '안녕!'으로 재재거린다.

　너는 어디서 왔니? 가족은 있니? 지금처럼 안개가 짙을 땐 길을 잃기도 하니? 바람은 어떻게 피하니? 너도 나처럼 파랑새를 좋아하니? 지금 그 소리는 말하는 거니, 우는 거니, 노래하는 거니, 아니면 웃는 거니? 안개가 걷히면 너는 어디로 갈 거니? 새들도 사랑에 빠지면 눈을 감니? 수줍을 땐 귓불이 빨개지니? 네가 사는 나라엔 눈물이나 우울 같은 단어는 없겠지?

　직박구리와 나는 각자 자기 말로 소통했다는 걸 안 것은 새가 내 머리 위에서 사라진 한참 후였다. 내 의지로 숲에 발을 들여놓은 기억은 분명한데, 그렇다면 지금 나는 어느 세상엘 다녀온 걸까. 정신을 차리고 보니 카메라와 옷은 젖어있고 새가 내 시야에서 사라지듯 안개도 거짓말처럼 사라지고 없다. 꽃들이 여기저기서 다투어 깨어나는 소리로 숲은 다시 소란해졌다. 춘몽, 그래 그거, 꿈이었나, 안갯속 새들과의 대화.

　숲에서 돌아온 날 밤, 다시 진짜 꿈.
　조그만, 창으로 알록달록 패랭이꽃 수놓아진 커튼 자락 보일

락 말락~ 경대에는 한 쌍의 나무원앙과 족두리 화관과 사모관대
紗帽冠帶가 나란히 나란히~ 달빛이 창 안을 기웃대자 이불 속으
로 숨어버린 첫날밤, 가슴이 벌렁거려 신랑의 얼굴을 바로 보지
못했다는, 첫날 그 봄밤에~ 꿈에~

1.

우리 두 사람, 나란히 잎갈나무숲 걸을 때, 당신이 내 어깨를 감싸거나 다정한 눈빛을 건네지 않아도, 가파른 오르막에서 손을 끌어주지 않아도, 등을 밀어주지 않아도 괜찮아. 시야에서 사라지지 않고 언제나 저만치 앞서 걷거나 뒤따라 와 쉴 자리를 마련해 두고 묵묵히 기다려주는 그대가 있으니 난 괜찮아.

2.

그가 부재할 때 저 평화로운 아침 풀밭을 손잡고 걷고 싶은 날이 있다. 내가 알고 있는, 죽이고 싶도록 미운 이들과 화해하는 방법은 용서와 사랑뿐이라던 사람, 비바람에 흔들리면서도 꺾이지 않고 피는 망초꽃처럼 나를 맘껏 흔들다 팽개치고 달아난 이들조차도 사랑해야 한다고, 사랑하는 게 맞다고 타이르던, 어느 새벽 홀로 숲길 걸을 때 생각나는 유일한 사람, 괜찮아, 당신.

3.

왁자하던 아이들 모두 제자리로 돌아가고 내가, 당신 좋아하는 불고기 잡채를 만들 때 당신이 식탁에 앉아 말없이 파를 다듬어주는 것도 좋고, 나, 우울하다 투정할 때 언제든 두 팔 벌려 안아줄 수 있는 거리에서 괜찮아? 하며 나를 지켜봐 주는 것도 좋지만, 내가 바흐를 들려주면 당신도 바흐가 듣고 싶었다고 말해주는 것, 그러나 오늘만은 바흐나 사랑한다는 말이 아니라, 우리 둘 자작나무 가지가 툭툭 어깨를 건드리는 만추의 숲길 걸어갈 때 당신이 세 번 정도 내 이름을 불러 쑥부쟁이처럼 나를 웃게 하는 것.

다
듬
지
않
는
나
무
의
노
래

햇빛과 바람을 맘껏 취하며 천천히 걷는 것만으로도 심신의 안정을 주는 것이 숲이다. '언제부턴가 힐링'과 '치유'라는 단어는 숲의 다른 말 같은 의미가 되었다. 숲은 지구상에서 가장 큰 규모를 갖추고 완벽한 생태계를 관리 유지하며 모든 존재의 바탕을 아우르는 자연의 대표주자로 손색이 없다.

숲이 우리에게 주는 순기능은 목재나 부산물 공급으로 인한 경제 기능과 수자원, 건강한 국토, 양질의 산소, 휴양지로서의 역할뿐 아니라 문학, 예술, 종교적 배경과 문화적 기능 등 다양한 실익을 제공하고 있다.

　인구밀도가 높고 국토 면적의 2/3가 산림으로 덮여 있는 우리 나라는 자타 공인 산림국이라 할 수 있다. 산림 자원이란 나무 뿐만 아니라 풀과 곤충, 다양한 야생 동물을 포함하고 있어 매우 포괄적인 형태를 의미한다. 이러한 자연 자원을 어떻게 활용할 것인가에 따라 경제적 발전은 말할 것도 없고 우리의 미래복지 에 관한 플랜도 달라진다.

　숲이 주는 정신적 문화적 가치는 우리들의 생명과 직결되어 있다고 해도 과언이 아닐 만큼 커서 어떤 기호로도 구체적 수치 로 재는 건 불가능하다. 예를 들어 10년생 소나무 한 그루에 투 자비용과 그 나무가 우리에게 제공하는 산소량이나 홍수방지 등 등의 효과는 사람에게 유익하다고는 알고 있지만 그것을 수학적 수치로 표현하는 데는 한계가 있다는 의미다.

　거친 기후에 강한 가문비나무는 겨울눈이 터지면서 몸집을 키 우는 특징을 가진 침엽수다. 지나친 관심보다는 약간의 무관심 이 필요한 수종으로 보면 된다. 딱히 사람의 보살핌을 필요로 하 지 않는다는 말이기도 하다. 사실 많은 식물들이 자연상태에 그 대로 두면 서로가 서로를 견제하면서 본능적으로 공생의 길을 걷거나 강한 자는 살아남게 되지만, 그것을 애정이란 이름으로 과보호를 일삼다 보면 멀쩡한 식물도 망치기 일쑤라는 걸 우리는 경험을 통해 알고 있다. 우리가 식물에게 할 수 있는 가장 이상적인 베풂은 자연 그대로 두고 보는 것이다. 특히 가문비나무는 주목이나 자작나무 등과 함께 추운 야생에 강한 특성이 있어 동면을 끝나는 5~6월이 되면 움츠렸던 기지개를 켜고 집중적으로 성장한다. 이때 충분한 비가 와주면 나무들은 몰라보게 키를 늘린다.

도심에 거주하는 사람과 숲 근처에 사는 사람이 느끼는 체감온도의 격차는 예상보다 크다. 숲은 햇볕을 받아 표면으로부터 반사된 복사열을 차단함으로써 온도조절 기능의 역할을 분담하는데, 태양광은 비교적 엷은 낙엽수를 통해 지표면에 도달한다. 지구에 바탕이 되는 초록색은 시각적인 청량감을 제공하고 양질의 산소는 물론 싱그러운 향기와 부드러운 흙의 감촉과 물소리, 새소리, 벌레소리, 열매가 익어 떨어지는 소리 등을 제공한다. 숲을 관찰하다 보면 그 속에서 나오는 다양한 소리들이 얼마나 멋진 화음을 내는지 알게 된다.

나
무
성
자

춤추는 나무를 본 적 있니?

나무의 노래를 들어본 적은?

즐거워서 온몸으로 웃거나 너무 외로워서 온몸으로 우는 나무를 본 적은?

나무들의 춤이나 노래는 내가 보고 싶다고 볼 수 있거나 듣고 싶다고 들을 수 있는 게 아니라 하늘이 허락하고 나무 스스로 마음을 열어줘야 가능한 거래.

나무라고 왜 고충이 없을까. 버젓이 살아있으나 몸으로 저항

할 수 없다는 걸 아는 미물(벌레)들이 나무속에 집을 짓기 위해 야금야금 생살을 긁는다고 생각해 봐, 얼마나 간지러울까. 얼마나 가렵고 아프겠니, 말도 안 되는 해충으로부터 오래오래 고문의 피해를 당했다고 생각하면 제아무리 수행자인 나무라도 견디긴 쉽지 않을 거야. 보통 그랬어. 잘 살다가 어느 날 갑자기 쓸모없는 자가 되는 건 낙뢰나 강풍에 몸통이 뿌리째 흔들리거나 반 토막으로 꺾이는 참사에 속수무책일 때도 있지만, 더러는 생각지도 못했던 아주 작은 것에 허를 찔려 생을 반납해야 하는 경우가 있지. 그런 나무가 어떻게 그 많은 공격들을 방어하며 수십 미터씩 하늘을 향해 뻗어가고 몇백 혹은 몇천 년을 산다는 것인지. 그래서 말인데 나무집에도 가훈 같은 게 있다면 '인내'가 아닐까.

가문비나무가 키다리 아저씨가 된 것은 키 큰 어른이 기대도 좋다는 무언의 허락이겠지. 가문비나무가 무수한 잎으로 그늘을 만드는 건 보다 많은 이들이 쉬어가라는 배려일 거고, 가문비나무의 몸집이 모나지 않고 둥근 것은 나무도 외로우니 누구라도 가까이 와 자기를 안아주고 토닥여 달라는 의미일 거야. 가문비나무가 제 나이테를 몸 안으로 숨기는 건 자신의 아름다움을 감추고서라도 우리의 아름다움을 우리 눈으로 보게 하려는 뜻일 거야.

태양의 힘을 빌려 그림자를 길게 늘여 보는 것 외엔 한 번도 신발을 신어본 적도 가진 적도 없고, 자신의 두 발로 걸어 산책 한번 해 본 적 없는 부동의 운명을 가진 나무.

가문비나무가 유독 키가 큰 것은 세상이라는 숲에서 길을 잃고 방황할 때 자신을 등대 삼아 길을 찾으라는 뜻일 게야. 선 채로 태어나 서서 살다 서서 죽는 나무, 길고 혹독한 생을 견디다 마지막까지 누군가의 손을 빌리지 않는다면 눈을 감거나 몸을 누일 수조차 없는, 온몸으로 고행을 실천한 거룩한 성자, 숨이 끊어져도 등뼈를 내어주고 육신은 썩어 바람이 되어서라도 원한다면 아낌없이 제 몸을 바치는 성인.

베어지는 순간 불쏘시개로 전락하는 나무가 있는가 하면, 범인은 상상할 수 없는 귀한 몸이 되는 경우도 있지, 그러니까 모든 나무의 생이 허무로 마감되지는 않는다는 거야. 나무에게도 부활의 꿈은 있지. '무구 정광 대다라니경(신라시대 목판인쇄경)'은 사람이 나무로 만든 인쇄물 중 현존하는 가장 오래된 경전으로 알려져 있고, '스트라스바리우스'나 '과르니에리' 같은 명기(바이올린)도 고지대에서 수 세기 혹독한 삶을 살아낸 가문비나무가 하는 일이라니, 어디 그뿐이랴, 어떤 나무는 목선이 되고 어떤 나무는 집의 대들보가 되고 침대가 되고 일상에 필요한 소소한 도구가 되지만 우리에게 구체적으로 도움을 주는 건 펄프로 변신하여 '책'이라는 이름의 압축파일로 거듭난다는 것.

인디언식으로 말하자면 어느 달 어느 요일에 태어나든 나무의 어원은 '푸르다' '자라다'가 아닌 '아낌없이 주다'일 지도 몰라. 몸이 가루가 되도록 몇 세기에 걸쳐 희생하면서도 헌신이라는 단어를 쓰지 않는 유일한 존재. 말이 아닌 몸으로 보여주는 존재, 베푸는 것을 희생이 아닌 행복이라 여기는 존재. 알잖아, 나무는 아무리 다급해도 아무나 누구에게나 비굴한 자세로 도움을 구하지 않는다는 것을.

숲에 들 때면 동행자가 있더라도 대화는 속삭이듯 작게 할 것을 권해. 문명의 횡포로 지상에 식물과 나무가 반쯤 줄어든다고 생각해 봐, 그쯤 되면 우리는 산소호흡기를 끼고 출근을 하고 잠을 청해야 하는 최악의 삶을 살아야 할지도 몰라. 나무와 숲이 존립해야 할 이유를 들자면 끝이 없을 거야, 수행하는 자로서 성자의 인내심을 가진 나무, 함부로 홀대하거나 베어선 안 되는 나무, 실속 없이 말 많고 수다스러운 사람은 침묵하는 나무에겐 관찰의 대상이 된다는 거 잊지 마.

처음 지구는 하나의 알(씨앗)로부터 시작해 다양한 종種으로
확장되면서 오늘에 이르렀을 것이다. 그것은 하늘과 땅, 물과 돌
이 될 수도 있지만 바람과 구름, 꽃과 나무가 될 수도 있다. 누군
가의 수고로 저 언덕에 사과나무 한 그루를 심었다 하자, 작은
씨앗이 묘목이 되고 키가 자라 사과가 결실을 맺을 때까지 사과
나무는 혼자의 힘으로 사과나무가 된 것이 아니라 음과 양, 세상
의 상서로운 모든 기운이 모여 이 나무가 사과나무가 될 수 있도
록 도운 결과가 아닐까. 그 과정에서 태풍, 폭우, 가뭄, 해충 등등
만만치 않은 공격은 사과나무가 극복해야 할 난제였을 것이다.

아무리 우수한 종자라도 씨앗은 혼자 힘으로 열매를 맺을 수 없다. 우주의 도움이 필요하다. 그것이 자연의 법칙이다.

제주 송당리는 우리나라 지방 신 샤먼들의 본향으로 그곳 주민들에겐 매우 성스러운 곳이다. 전국 각지에 흩어져 있던 사람들이 1년에 하루 날을 정해 본향당(마을의 수호신을 모신 당)에 모여 액을 막고 안녕을 기원하는 당굿을 한다. 당굿은 무당이 인간을 대신하여 신을 부르고 신을 대신해 인간에게 메시지를 전하는 의식이다. 본향당의 신목은 대개 팽나무다. 사람들은 신목에 각양각색의 천과 무명실, 혹은 지전이나 정성껏 준비한 음식을 바치며 소원을 빈다. 의례가 끝나면 무당은 그 자리에서 개인에게 한 해의 운수를 봐주고 운이 나쁜 사람은 흰 소지를 불에 태움으로써 액땜을 했다고 생각한다. 그래야 한 해를 무사히 날 수 있다고 믿는다.

한반도에서 연평균 기온이 가장 낮은 대관령은 사철 다양한 침엽수림이 발달해 있지만 특히 추운 지방에서 잘 자란다는 가문비나무 자작나무 물푸레나무가 군락을 이루며 숲의 풍요를 더한다. 5월 대관령 고원에 불어오는 바람은 달큰하다. 백두대간 골마다 줄기마다 생명감으로 활기가 넘친다. 선자령 들머리에 위치한 국사성황사(강원도 평창군 대관령면 횡계리)로 향하는 길목엔 노란 미나리아재비가 한창이다. 해마다 이맘때 국사성황사를 방문하면 각양각색의 야생화가 반기어 지친 일상을 미소 짓게 한다. 국사성황사는 김유신을 모신 산신당과 국사성황신 범일국사의 사당인 국사성황사(강원도 기념물 제54호)가 있는 우리 전통문화의 현장이다. 입구에 들어서면 '성황사城隍祠'라는 현판이 걸린 약 17㎡의 3칸 기와를 올린 목조건물이 있고, 산신당은 한 칸짜리 조그만 목조 기와집으로 건물 중앙에 '산신당山神堂'이라는 현판이 걸려있다. 세계무형유산인 강릉단오제는 이곳 국사성황사에서 제를 지내고 그 신神을 강릉 단오장으로 모셔가는 행사로부터 단오제의 시작을 알린다.

마침 내가 방문한 날이 그날이라 우리의 전통문화에 관심 있는 일반인은 물론 도내 관료들과 전국에서 모여든 무속인들과 많은 취재진들로 북새통을 이뤘다. 이곳은 백두대간 그 어느 곳보다 산신이 영험하다는 설이 있어 이곳을 찾아 기도를 드리면 진정한 무당이 될 수 있다는 믿음으로 연일 찾아오는 무속인들로 조용할 날이 없다.

내가 자작나무에 매료되기 시작한 건 백두산, 몽골, 러시아(시베리아 횡단열차)를 이어 여행할 때 광활한 평원에 끝없이 펼쳐진 매우 인상적인 숲을 보면서 그 아름다운 숲을 이룬 나무가 바로 자작나무라는 것을 그때 알았다.

작은 바이칼이라 이름하는 홉스굴 호수(몽골 샤먼들의 고향)가 있는 북몽골은 순록을 키우며 유목하는 차탕족과 지구상에서 우리와 얼굴이 가장 많이 닮았다는 브리야트족(브리야트 공화국)은 하늘과 땅을 포함 모든 자연에 정령이 깃들어 있다고 믿는다. 몽골 초원을 달리다 보면 살아있는 나무든 죽은 나무든 벌판에 나무가 있는 곳에 어워(기도를 드리는 돌무덤)를 만들고 신목이라는 이름을 붙여 오색 천(기도 깃발)을 매달아 놓고 그곳을 지나는 사람마다 시계방향으로 세 바퀴를 돌며 기도를 올린다. 이때 간단한 음식을 바치거나 짐승의 머리를 바치기도 한다. 그들은 나무木神와 불火神을 조상신으로 받들고 대부분 불교를 주종교로 믿지만 민간신앙으로 자작나무 신을 으뜸 신으로 모시기도 한다.

바이칼 호수(러시아는 물론 아시아 샤먼들의 고향)로 넘어가면 그곳의 샤먼들은 1년에 한 번 알혼섬에 모여 텡그리(하늘신)를 중심으로 그 외 열세 신을 모시는 제례의식을 갖는다. 개인적으로 집안에 나쁜 일이 생기거나 가족이 아프면 이름난 샤먼(무당)을 불러 자작나무가 있는 깊은 타이가 숲으로 들어가 제천의

식(신을 부르는 의식)을 치르는데 이때 불을 피우고 준비해 간
제물(고기와 술)을 올리며 춤과 음악과 기도문을 고하며 액을 쫓
는다. 이 의식에서 중요한 것은 신을 부르는 의식의 무대가 자작
나무 숲이어야 한다는 것이다.

그들은 집을 짓거나 그 외에도 필요에 의해 나무를 자르거나
나무를 다른 장소로 옮겨 심을 때도 그들만의 의식을 취한다. 그
들은 나무 정령에 대한 예를 결코 소홀히 하는 법이 없다. 아시
아뿐 아니라 세상의 샤먼들은 나무를 토속 신으로 모시는 경우
는 많다. 우람한 숲이 마을을 보호하고 그 숲이 신을 대변할 만
큼 중요한 장소로 여겨 왔으니 그 나무에 깃들어 사는 정령을 중
요하게 여기지 않을 수 없을 것이다. 하기야 이렇다 저렇다 말
한마디 없는 나무의 성지인 숲을 시도 때도 없이 찾아가는 나를
보면 알겠지만, 신神까지는 아니어도 상처를 위무하고 치유해 주
니 아무것도 아니라는 말은 감히 할 수가 없다.

나약한 인간은 상대가 무엇이든 믿고 싶은 대로 믿는다. 믿음
이 없으면 이 불안한 현재를 어떻게 긍정하겠는가. 단순히 샤먼
적인 행위일지라도 우리 어머니들은 가을 추수가 끝나면 마을
의 수호신 같은 존재인 당산나무에 무명실을 걸고 제수를 장만

해 한 해 농사에 감사하는 맘으로 예를 드리는 걸 잊지 않았다. 그 기도 덕분에 오늘의 우리가 있는 것은 아닐까. 이 글을 쓰면서 아득한 옛날 장독대에 정한수 떠놓고 매일 아침 식구들이 일어나기 전 두 손을 모아 소원을 빌던 무명 앞치마에 흰 수건 머리에 쓰신 내 어머니 모습이 떠오른다. 어머니는 나의 신이었고 집 앞의 당산나무는 어머니의 소원을 들어주는 신이었다.

# 제 2 장 — 개와 늑대의 시간

비
를
위
한
랩
소
디

후끈 달려드는 젖은 풀 향기, 비 냄새, 아직 장마가 머물러 있는 지금은 풀의 번성기다. 어둠이 낮을 지우듯 여름 산은 돌아서면 막무가내로 길을 지우는 건 풀이다. 느긋한 오르막을 벗어나면 가문비 숲이 있다는 걸 알지만 오늘 우중 산책은 잎갈나무숲이다.

잎갈나무가 허공을 향해 키를 뻗어갈 때 바닥에서 푸릇푸릇 솟구치는 풀들은 본분을 벗어나지 않고 형형색색의 꽃을 피우며 열매를 맺고 때를 기다린다. 바람이나 빗물, 날짐승들에게 씨앗을 위탁, 언제든 자신만은 알아볼 수 있도록 사인을 남기고 다음

생을 저장하는 중요한 시기다. 잡초라고 유혹이 없는 것은 아니겠지만 그 유혹을 외면하면서까지 유독 장마철에 집중적으로 무성해지는 풀, 풀이 자라는 봄부터 여름까지 수차례 간헐적 폭우가 지나가고 그 사이사이 가는 빗줄기도 습도를 올려주고, 안개와 는개마저 상주하는 입장이니, 풀이 세를 확장하기엔 이보다 좋은 계절도 없을 것이다.

만성 우울자, 고독을 상습 복용하는 자만이 비를 좋아하는 건 아니다. 비를 좋아하는 부류는 몸은 노인이어도 마음은 아이 같은 사람이 아닐까. 숲으로 내려앉는 빗방울의 노래, 이 소리가 얼마나 자유로운 박자와 리듬을 연출하는지, 빗소리에 젖고 취하다 불현듯 생각난 것이 퀸의 '보헤미안 랩소디rhapsody'에 이어 리스트의 '헝가리 광시곡狂詩曲'이다. 그리스어에서 유래했다는 이 용어는 오늘날 형식에 구애받지 않고 자유로운 악장으로 구성된 밝고 화려한 악곡을 대변하는 곡으로, 대중이 알고 있는 게 맞다면 하루에도 수없이 구름 사이로 해가 나타나고 비가 오는 이 변덕스러운 고원의 날씨를 변화무쌍한 광시곡에 비유한들 그다지 억지스러울 것 같지는 않다.

8월 들어 날씨는 더욱 변덕을 부렸고 강수량과 상관없이 사나

흘 비는 계속되었다. 숲의 초입에서 불과 얼마를 걷지 않아 신발과 바짓가랑이 모두 젖고 말았지만 무시하기로 한다. 오늘만은 돌아갈 집도 절도 없는 키다리 잎갈나무처럼 한자리에 박혀 숲의 내부에서 일어나는 일들을 살펴보기로 했다. 빗방울이 잎갈나무 가지 위에 모여있다 바람이 지날 때면 똑똑 후드득 우산 위로 떨어지는 발랄한 빗소리에 귀가 즐겁다. 여고 때도 비가 오면 나는 우산을 집이 먼 친구에게 양보하고 사람들의 눈을 피해 비를 맞으며 걷다가 남의 집 추녀 밑에 앉아 그칠 때까지 그 비를 바라보곤 했다.

온통 젖어있는 나무와 숲과 꽃을 바라보는 마음이 평안에 기대고 있다는 걸 느낄 때 현실을 추월하는 자족감이란, 그런데, 격렬하다 못해 살이 떨리기도 하는 이 순간의 감정 상태를 평안으로 고백할 수 있는 마음은 나도 아이러니다. 조금 전까지 격렬하던 비의 노래는 안단테로 돌아오고 있다. 빗소리를 자유로운 형식의 랩소디로 편곡하고자 했을 때 조금 다른 무언가를 기대하는 마음까지도 어쩌면 그토록 특별해지는 건지.

가장 밝은 빛은 가장 깊은 어둠에서 온다고 했다. 드디어 나는 리스트 헝가리 광시곡 2번을 골라 귀에 꽂았다. 나를 떠났던 시간이 나에게로 돌아오는 회귀감을 내 심장은 서서히 알아차리고 받아들일 준비를 하는 듯했다. 아무것도 욕심부리지 않고 우중 산속에서 잎갈나무숲을 조용히 흔들고 가는 비를 보고, 듣고, 만지며 허공으로 팔을 벌려 물결처럼 쓰다듬는다. 마음은 이미 비를 위한 일곱 개의 랩소디를 위한 악보를 거의 채우고 있다. 고요가 소란을 평정하고 소란이 고요를 업고 달리는 여기는 잎갈나무숲.

이제 빗방울은 발랄하거나 속삭이듯 피아노 건반 위에서 제멋대로 춤을 추고 있다. 우산 위에 구슬 같은 동그란 물방울을 만든 후 일정한 리듬을 타고 또르르 굴러가 풀숲으로 스며 풀이되고 땅이 되는 저 사랑스러운 몸짓들, 저렇게 많은 빗물을 풀과 나무와 산이 모두 마셔버리다니.

오르락내리락 걷는 일이 지루하거나 힘에 부치면 잎갈나무에 떨어지는 빗방울 랩소디를 바라보거나 듣는다. 그러다 일어나 걷고, 쉬고, 다시 멈추고 걷기를 반복하면서 오늘도 두 시간을 비와 놀았다. 간이 의자에 쪼그리고 앉아 컵 바닥에 한 모금 남은 커피를 마실 생각만으로도 위안이 되는 시간. 여전히 그치지 않는 비, 멀리 있어 닿을 수 없는 것들을 그리워하며 아직 온기가 남아있는 컵을 두 손으로 감싸들고 컵 안을 들여다보던 그때, 동그란 빗방울 몇 개 퐁당퐁당 컵 속으로 몸을 던져 커피의 일부가 되는 걸 바라보는 것도 좋았다. 이 빗속에 머무는 동안 나는 숲의 일부가 되었고 한 모금 남은 커피마저 비에 섞여 비가 되어 버린.

망상이 끼어들 틈이 없어서인지 이 평화에 추종자나 밀고자는 없다. 대신 나는 멈추지 않고 내게 이르는 길을 찾고 있다. 풀잎 위로 떨어지는 빗방울 소리, 메트로놈처럼 일정한 박자를 유지하며 어깨에 내려앉았다 바닥으로 미끄러지기를 반복할 때 나는 내게로 타전되는 암호 같은 글자를 허공에 새기기 시작했다.

지금 내 몸을 받아주는 이 자리를 사랑할 것,
꽃과 풀과 빗방울을 포함 손에 닿는 것들을 세세히 느낄 것,
평생 같은 자리를 지키는 나무의 부동한 인내를 존중할 것,
이 숲에 깃들어 사는 모든 것들을 보살피고 애정 할 것,
몸이 기억하는 것들을 영혼에 새길 것,
그것이 무엇이든 돌아갈 땐 제자리에 놓고 갈 것.

부
드
러
움
이
　
강
함
을
　
이
긴
다

　지구가 둥글다는 것을 전재하지 않더라도 서로 다른 수많은 개
체가 모여 이룬 교집합을 '우주'나 '자연'으로 규정하는 데는 그만
한 이유가 있을 것이다. 관성일지라도 속도와 상관없이 살아있는
것은 자신이 지향하는 방향으로 솟구치고 뻗어나가는 전투적 속
성을 지니고 있다고 볼 때, 그것은 물체의 질량에 비례하지만 개
개가 자기만의 이론으로 각기 다른 방향성을 가졌더라도 결론적
으로 전체는 둥글거나 포물선과 같은 휘어진 곡선을 만들 수밖에
없다는 우주적 원리를 증명하는 건 아닐까. 하여 모든 존재는 앞
으로든 위로든 나아가고 또 나아가다 언젠간 만날 수밖에.

그들 안에서 규범과 질서를 유지하며 경쟁에서 도태되지 않기 위해 매 순간 전력 질주하는 생명들. 그 치열한 경쟁의 결과물인 곡선을 '아름답다'로 표현하는 것은 생명감 더하기 예술성에 후한 점수를 부여하기 때문이겠지. 작은 점이 모여 선으로 이어지고 그 선은 다시 길을 이어 생명을 확장한다. 많은 나무들이 모여 숲을 이루고 건강한 산을 만드는 것도 그런 이치일 것이다. 그것은 인간이 문명의 힘을 빌려 이룬 진화의 과정에 앞서 본능과 관성을 의심해 봐야 할지도 모른다.

단 한 방으로 정곡을 노려볼 만도 하나 그럼에도 나는 뾰족하거나 모서리가 날카로운 것을 선호하지 않는다. 하여 정사각, 직사각, 정육면체, 이런 단어들도 피할 수 있다면 피하는 편이다. 규격을 원치 않는 일종의 강박의식 때문인데 그 사실을 인지한 후, 잡으면 휘어지고 꺾으면 부러지고 밟으면 밟히는, 그러므로 현재진행형으로 늘 '자란다'고 믿는 나무나 풀이나 꽃과 같은 대상에게 지금과 같은 연민을 가지지 않았나 싶다. 그런 면에서 곡선은 생명을 상징하는 유연함이고 관용이되 포용이며 초월적 사랑이고 동시에 사랑 그 이상이기도 하다.

사랑을 기호로 풀자면 점으로 시작해 포물선으로 이어지고 다시 동그라미를 그려가는 과정을 보여준다. 지구가 둥글고 알이 둥글듯 곡선을 영원한 순환으로 보는 것도 그렇고, 부드러움이 강한 것을 이기는 원리도 다르지 않을 것이다.

가문비나무 아래 가지런히 몸을 펴고 누워보는 건 마음에 하늘을 들이는 일이다. 자연은 어느 것도 분별하지 않고 같은 것이 없어 크게 보면 모두가 하나의 덩어리이고 같지만 낱낱 개개로 보면 철저히 다른, 이것이 인간을 다양한 각도로 사고하게 하는 힘이 아닌가 싶다.

어느 해 여름 폭우, 산 전체를 폭파할 듯한 위력, 천둥번개에다 강풍과 폭우가 순식간에 탱크처럼 밀어붙였다. 위기를 모면해 보고자 큰 나무 밑에서 몸을 동그랗게 말고 머리를 무릎 사이에 끼운 채 공포에 떨고 있을 때, 나는 그 어느 때보다 신이 개입해 주기를 바랐고 그래줄 거라 믿었다. 다행히 20분쯤 지나 상황은 종료되었으므로 역시 살고 죽는 일은 내 의지와 상관없다는 것을 그때 다시 느꼈다.

바람이 멎은 후 다시 숲으로 돌아가자 부러진 가지와 그 가지에서 떨어져 나온 무수한 잎들로 숲이 얼마나 깊은 몸살을 앓았는지 알 수 있었고, 살면서 이런 강적을 만났을 때 묵묵히 진가를 발휘하는 것은 역시 흔들리지 않는 마음가짐, 믿음을 배반하지 않는 뿌리가 아닐까 싶다. 겉으로 드러난 몸의 상부가 죄다 꺾이고 떨어져 나가는 대혼란 속에서도 자기 몸을 지켜내야 한다는 뿌리의 결의는 쇠보다 단단했고, 사는 동안 그렇게 시련을 수없이 겪어야 하는 나무는 귀천을 따지지 않고 무엇으로 쓰여도 당당하며 함부로 무릎을 꿇는 법이 없다.

관악기의 생명은 공명이고 그것은 좋은 나무가 지녀야 할 가장 큰 덕목으로 손꼽지만, 혹독하게 단련된 나무가 장인의 손을 거쳐 악기로 택함을 받아 그만의 공명을 들려주는 건 어쩌면 당연한 듯하나 다른 한편으론 매우 신비로운 일이다.

"자신의 방법에 확신을 갖고 주어진 환경을 거부하지 않고 살아낸 나무는 거만한 연주자의 명령에 복종하는 대신 연주자에게 자신의 노래를 듣고 따르라는 무언의 명령을 서슴지 않는다"라고 확신에 찬 목소리로 '마틴 슐레스케'는 말했다. 그러므로 "뿌리 깊은 나무는 폭풍이라는 세사에 쉬이 흔들리지 않으며 묵묵히 자신의 철학으로 세상을 끌고 갈 뿐 끌려가지는 않는다"라고.

재앙을 기다리는 나무는 없다.

그러나 온갖 시련을 견디고 나면 숲은 몰라보게 싱그러운 모습을 보여준다.

자연의 놀라운 회복력은 인간의 지식과 지혜로는 풀 수 없는 영원한 수수께끼로 남을 것이다.

## 빈 욕조에 따듯한 물이 차오르는 동안

　빈 욕조에 따듯한 물이 차오르는 그 몇 분의 기다림을 나는 좋아한다.

　그의 전화를 받느라 찰랑거리는 물이 욕조를 넘쳐 바닥으로 흘러내릴 때 매번 내 몸이 보여주는 다른 반응을 나는 구체적으로 좋아했다.

　추위와 피로감으로 바들바들 떨다 집으로 돌아와 따듯한 물에 발을 담그고 욕조에 물이 차오르는 걸 물끄러미 지켜보듯 새벽 산정을 넘어온 햇살이 가문비 계곡 틈새를 채우기 시작하면 우울감은 거짓말처럼 사라지고 마음은 금세 종달새처럼 발랄해진다.

알몸으로 아가를 안고 욕조에 들어가 수온과 수위를 올리며 아가와 내 몸과 물의 온도에 일체감을 느낄 때, 그렇게 욕조에 따듯한 물이 차오르기를, 차올라서 찰랑찰랑 흘러넘치기를 기다리는 그 순간의 지극한 행복감이란, 가장 높은 산을 넘어 계곡의 아래쪽부터 채워나가는, 빈 욕조에 따듯한 물이 차오를 때처럼 하루의 첫 빛을 기다리노라면 나는 풍선으로 만든 우주를 선물받은 아이가 된다.

욕조에 따듯한 물이 차오를 때, 내 몸의 세포를 낱낱이 관통하는 짜릿한 에너지,

햇살이 내게 달려드는 그림자를 건너편으로 묵묵히 옮겨줄 때마다 출렁거리던 내 맘은 어느새 가문비 숲의 비밀을 통 채 거머쥘 확신으로 달뜨곤 했다.

빈 욕조에 따듯한 물을 채우는 동안
빈 욕조가 따듯한 물을 가득 채우고 흘러넘치는 동안
몸 구석구석을 어루만져 주는 물에게 내 몸을 맡기는 동안.


걷는다.

나 아닌 다른 누가 밤도 아니고 낮은 더욱 아닌 시간에 숨이 멎을 듯 신성한 기운으로 몸서리를 칠까. 내가 걸을 때, 안개로

위장한 초록은 하늘에서 내려와 숲 언저리와 구릉 사이를 흘러
다닌다. 온화한 것들은 숲이 내린 선물이다. 나의 발은 신발을
거부한 채 초록 양탄자를 향해 걸어간다. 가문비나무 한 그루가
깊은 그늘을 만들고 그 주변으로 어린 강아지와 고양이가 요람
을 지켜주니, 나는 요람을 뒹구는 아가처럼 평온하다. 곧 계곡을
밝힐 하루분의 빛, 방금 도착한 빛의 황홀감을 설명할 수 없다는
건 얼마나 다행한 불행인가.

　걷는다.
　바람은 가문비나무 아래 요람에서 쌔근거리며 잠든 아가를 지
키는 파수꾼, 나는 아장아장 바람을 따라 걷는 아기, 아기걸음으
로 숲을 통과할 때 알았다. 지금껏 수많은 노역에 시달려온 두
발의 가없는 축복을, 당신을 결박한 자가 당신이듯 나를 결박한
자 또한 나 자신이었다는걸, 스스로 말뚝을 박았다는 사실을 기
억할 때까지의 삶과 그것을 잊었을 때 현실과의 괴리감을 넘지
못한 것도 모두 내 탓이다.
　자신으로부터 도망가지 못하도록 태어나는 순간 그 자리에 쇠
말뚝을 박고, 쇠말뚝이 있다는 사실을 까맣게 잊은 채 평생을 말
뚝에서 벗어나지 못하고, 때로는 더 단단한 말뚝을 원하는 존재
가 인간이라면, 인간이 맞다면, 그러나 인간이어서 새로운 길을

원한다면 지금 이 길을 버리는 것이 답이겠다.

걷는다.

차오르는 슬픔을 지그시 누른 채 흘러서라도 너에게 닿고자 했다. 살면서 큰 산처럼 나를 품어준 숲이 아버지라면, 나무는 배고플 때 젖을 물려주신 어머니 같은 존재다. 나를 살게 했던 그들의 사랑은 아무에게나 할 수 있는 고백이 아니라는 걸 이제 야 깨닫는다. 살아있다면, 내일도 오늘처럼 나는 걷고 있을 것이 다. 걷다가 작은 꽃들과 눈을 맞추고 향기를 맡을 수 있다면, 언 제 닿을지 모를 저 산 너머에 무엇이 기다리든 그곳에 갈 수 있 다는 희망만으로 삶의 의미는 충분하니까.

걷는다.

봄빛이 제공한 우울은 5월과 함께 사라지고 초록이 완숙해지 는 6월이다. 며칠 서쪽의 시간을 접고 돌아오니 가문비 숲은 몰 라보게 초록의 농도를 높이고 있다. 너무나 익숙한, 마치 내가 알고 있는 그 숲이 아닌 듯, 그럼에도 나는 새로운 놀이에 정신 이 팔려 하나뿐인 원피스를 망쳐 어머니를 실망시켜 야단맞고 울다 지친 아이가 되어버렸다. 그러나 한숨 자고 나면 언제 그랬 냐는 듯 어머니는 다시 인자한 모습으로 나를 안아주실 것이다.

방황하다 돌아와 쉴 어머니 품 같은 이곳, 숲이 요람인 까닭이다. 저 거대한 숲의 신전으로 들어가 가만가만 어깨에 내려 쌓이는 바람의 노래를 들어야겠다.

인간의 시간으로는
풀 수 없는 비밀

일반 작물이나 채소 같은 식물류는 한 계절 혹은 한 해에 파종에서 수확까지 마치지만, 나무의 경우 짧게는 몇십 년 많게는 몇백 년에서 몇천 년을 살며 천천히 오랫동안 진화해 왔으므로 거기에 어떤 잣대로든 옳은 방법과 틀린 방법이 있을 수 없는 건 당연해 보인다. 있다면 오직 성공과 실패뿐.

고온다습할 때 대나무 밭이나 옥수수밭에 가보면 그들의 성장 속도(하루에 몇 센티미터 혹은 십 센티 이상 자람)를 육안으로 확인할 수 있을 만큼 빠르단다. 그러므로 수 세기를 살아온 나무들을 단 한 세기도 살기 힘든 인간이 장수 나무가 주변 환경에 미치는 영향이나 그들이 자라는 연구과정(생장 발육)을 정확히 측정해 내는 일은 불가능하지 않을까 싶다.

가문비나무가 북유럽 지역을 중심으로 널리 퍼지게 된 것은 그곳에서의 성장 속도가 보통 나무에 비해 월등히 빠르기 때문이다. 비슷한 환경에서 가문비나무의 성장 속도에 두 배나 빨리 자라는 나무는 '몬터레이 소나무'인데, 몬터레이 소나무와 가문비나무 이 두 종류는 자라는 속도와 상관없이 나무의 몸집이 비슷한 크기와 둘레가 되었을 때 종이 제조용으로 벌목을 한다.

식물들이 꾸준히 원만한 성장을 이어가다가 최대 생산시기에 가까워졌을 때 모든 식물의 질량이 감소한다고 보는데, 질량 감소가 눈에 띌 정도가 되면 번식을 시작하겠다는 신호라고 한다. 그에 비해 초록 잎을 많이 가진 나무들은 최대 성장점에서도 일부 영양소를 빼내 꽃과 열매를 만드는 쪽으로 재배치한다고 볼 때 새로운 세대(생명)를 만들어내는 작업은 사람이나 동물뿐 아니라 나무에게도 상당한 에너지를 필요로 한다는 걸 알 수 있다.

묘목 하나가 쓸 만한 거목이 되려면 긴 시간이 필요하다. 그 시간 동안 좋은 날도 많겠지만 그 좋은 날 속엔 얼마나 많은 시련이 그들을 성장을 괴롭혀 왔을까. 아무리 경험이 풍부한 식물학자라도 나무의 과거는 성장표를 기준으로 어느 정도는 추측이 가능하리라 보지만, 그것도 지난 데이터일 뿐 미래를 추측하기는 불가능에 가깝다고 한다. 한 사람이 태어나 유아 청소년기를 거치고 공부를 하며 전공을 결정하고 한 분야에만 몰두해 연구할 수 있는 기간이 사오십 년으로 봤을 때, 좀 오래 살았다 싶은 나무 한 그루를 관찰하는데 얼마나 많은 세대가 연구에 연구를 이어가야 하는지, 과거는 알 수 있어도 미래는 예측하기 어렵다는 말을 나무에게 적용하는 것은 그런 의미가 아닐까.

어떤 학자는 우스갯소리로 그 궁금증을 참을 수 없다면 현대 과학을 총동원해서라도 나무의 정령이 나무 몸 안에 새겨놓은 나이테를 따라 그들만이 판독 가능한 기호와 암호문들을 해독하는 쪽이 시간을 버는 데는 훨씬 더 유리하지 않을까,라는 말을 했을 때 나는 어느 지점에서 웃어야 할지 잠시 길을 잃고 막막한 심정이 되었다.

인
디
언
에
게
바
친
〈
그
린
노
마
드
〉

알래스카 남동쪽 싯카 해안. 땅에서 분리된 오래된 나무 위에 세상을 떠돌다 이곳까지 찾아간 책 한 권이 제물처럼 놓여져있다. 책 제목은 〈그린 노마드〉. 돌이나 죽은 나무에게도 영혼이 깃들어 있다고 믿는 인디언의 말을 빌리지 않더라도 지금 나무 위에 모셔져 있는 책은 시공을 초월, 알래스카 나무 조상이 인정하는 진정 성스러운 재물의 반열에 들어선 듯하다.

무엇보다 내 맘속에 깊이 자리 잡고 있는 인디언 정신과 나의 그린 노매드 정신이 이렇게 하나로 연결되어 있다는 사실을 이제야 깨닫게 된 것은 부끄러운 일이나, 그나마 이번 일을 계기로 인종을 떠나 나무 하나로 세상이 연결되는 놀라운 사실을 어떻게 설명하고 증명할 수 있을지 앞으로 더 고민해 봐야 할 숙제다.

파도의 물결 무늬를 닮은 굽이치는 나무는 나이테를 안으로 감추고 알래스카 남동쪽 바닷가에 더 이상 이동이 무리다 싶은 지 아름드리 나무토막이 파란 이끼로 꽃을 피운, 일부는 썩어도 나이테만은 맑고 푸르고 선명하게 남아 인디언 조상들의 영혼을 대변하고 있다.

이 책을 인디언 후예들이 사는 알래스카로 가져가 준 이는 다큐 영화감독 정형민Jung Hyungmin이다. 그의 포스팅을 읽다가 거기 평범해 보이나 중요한 대목, 알래스카 선주민인 클링깃 엉클께서 늘 단호한 어조로 말씀하셨다는 한 줄을 여기에 옮겨 본다.

"만물은 모두 영혼을 가지고 있어! 그래서 함부로 대하면 안 돼. 영혼을 존중해야 해."

알래스카로 떠나는 많은 촬영 장비 속에 보잘것없는 나의 책이 동행했단 말은 내 영혼이 세상 끝에 가닿고자 했던 열망의 반

영처럼 느껴졌다. 그것도 〈그린 노마드〉 후편으로 선보일 시
집 제목이 남미, 즉 지구의 끝 지명인 〈우수아이아〉라고 생각
하면 말이다. 그리고 보면 '인디언 언니'라는 나의 별명이 그냥
하늘에서 뚝 떨어진 게 아닌 게 분명하다.

   알래스카 남동쪽 싯카 해변, 죽음 후에도 몸에 푸른 꽃을 허락
한 나무신에게 제물로 드린 〈그린 노마드〉. 이 풍경을 잊지 않
기 위해 알래스카 남동쪽 싯카 바닷가, 내가 존경하는 인디언 조
상들의 영혼이 숨 쉬는 그곳에 나의 책이 제물로 바쳐졌음을 오
래된 인디언 나무 조상과 나의 나무 조상에게 거듭 고한다.

대
여
도
서
반
납

　반납할 책 4권을 챙겨 헐레벌떡 가문비 도서관으로 오르는 관문(발왕산 입구)에 도착한 시간이 오후 4시 20분. 본가에 다녀오느라 3주 만의 방문인데 책과 카메라를 챙겼더니 배낭 무게가 만만치 않다. 그 사이 가문비 도서관이 있는 '애니 포레'는 2022년 5월 하순 개장과 동시에 알파카 모노레일을 운행하고 있었다. 배낭이 무거워 편도만이라도 모노레일을 이용할까 하다 짐을 지고 걷기로 했다.

　주차장 입구 엄홍길 게이트에서 애니 포레까지는 약 750미터의 가파른 오르막이 기다린다. 짐이 없다면 문제가 없을 텐데 짐을 핑계 삼아 스틱에 의지한 채 천천히 신중하게 걷는다. 5천 미터 히말라야 고지를 걷던 내가 언제부터 이 정도의 짐과 높이에 두려움을 느끼게 되었을까. 숨을 헐떡이며 가문비 숲에 도착하니 한산하다. 알파카 목장으로 향하는 모노레일도 5시 30분이면 운행을 멈춘다니, 문제는 곧 어두워진다는 것, 하지만 나만의 시간을 보내기엔 이보다 더 좋을 순 없다. 노을은 빠르게 발왕산 정상과 서쪽 하늘을 붉게 물들이고 있다. 승강장에 길게 줄을 서 있던 사람들이 마지막 모노레일로 하산을 하자 한 명뿐인 직원마저 철수하고 숲에는 나뿐이다. 아니 나무들과 나만 남았다.

곧 어두워질 테니 오늘 이 숲에서 마지막 게스트로 보낼 수 있는 시간도 얼마 남지 않았지만. 혼자만의 시간을 기다렸고 그런 순간이 필요했으므로 살짝 가슴이 뛰었다. 나는 가지고 간 책을 꺼내 제단에 재물을 올리듯 간이 의자에 책을 올려놓았다. 비교적 근간인 나의 책 4권. 이것은 이 책을 쓴 저자가 단지 가문비 도서관에 기증하는 책이 아니라, 이 숲의 조상 나무로부터 빌린 책을 자연의 자리로 반납하는 의식에 다름 아니었다.

다시 말해 그간 다양한 글을 써왔고 꾸준히 책을 출판해왔던 작업들의 시작은 모두 자연과 나무로부터 였음을 인정하고 고백하는 순간이었다. 책은 작가 혼자 만드는 게 아니다. 나무를 심고 돌보는 이의 수고와 그 나무로 펄프를 만들고 그 종이로 책을 만드는 이의 땀과 아주 많은, 드러나지 않는 손길의 합작품이 아니던가.

나는 날마다 숲이 전언하는 독백과 나무와 풀과 꽃들의 노래를 받아 적었고 숲으로 쏟아지는 빛의 은총을 맘껏 누렸다. 내 머리로 생각하고 내 손으로 쓴 글이었으나 이 또한 내 생각이 전부가 아니었음을 참회하듯 고백했다. 그렇게 하여 내 이름을 걸고 세상에 나온 책. 사는데 바빠 필요할 때마다 대여한 책들인데 반납을 잊고 참 무심히 여기까지 왔다는 사실. 언젠가 더는 이곳에 올 수 없을 때 그때는 당연히 모두 제자리로 돌려드려야 할 것이지만 가문비 도서관을 만나면서 부족하지만 일부라도 이 자연 서고를 통해 책을 반납하기로 한 건 전부터 해보고 싶었고 하고 나니 잘한 일 같다.

심호흡으로 마음을 고르고 나무의 몸(종이)을 빌려 내 영혼을 담으려 했던 지난 시간들이 얼마나 소중했는지 생각해 보는 기회를 비로소 오늘 가지게 되었다. 뻐꾸기는 처량히 울고, 바람은 알맞게 나뭇가지를 흔들고, 햇살도 꺾여 숲의 명암은 한결 은은해졌다. 나는 미니 서고에 조용히 책을 넣고 제문을 읽듯 가문비 숲의 정령에게 고했다. "나의 이 책이 어디서부터 왔는지 알고 있지만 종이책의 조상인 나무에게 구체적으로 감사할 생각을 미처 못했던 아둔하고 바보 같은 나를 부디 용서해 주시기를~~" 서고라 해야 가문비 도서관(정식 명칭은 아님)에 비치된 책은 고작 6~7십여 권이고 책마다 '애니 포레'라는 붉은 낙관이 찍혀있었다. 그 책들 사이에 나의 책도 있는 듯 없는 듯 조용히 자리를 잡았다. 누구의 손에 의해 버려지든 그 자리에 계속 머물든 지금부터 이 책은 나 개인의 소유가 아니라 가문비 숲의 모든 나무와 그 나무 조상들에게 바치는 일종의 제물이고 예물인 셈이다.

다행히, 내가 서고에 책을 넣는 걸 본 이는 아무도 없다. 저만치 물러나 책이 있는 곳을 바라보노라니 그간의 시간들이 주마등처럼 스쳐갔다. 조금은 부끄러웠지만 무언지 모를 묵직한 것이 가슴에 매달린 기분도 들었다. 글을 쓴다는 것, 글을 쓸 수 있었기에 내 삶이 조금 더 치열할 수 있었음은 실로 위안이다.


나처럼 글을 쓰고 종이책을 출판하는 작가라면 일정 지분 나무로부터 부채감에서 자유로울 수 없을 것이다. 어떤 이는 그것을 숙명이라 규정한 자도 있으니까. 물론 산에서 자라는 모든 나무가 종이가 되는 것은 아니다. 책의 가치를 따지기 전에 책으로 인해 베어진 나무를 생각하면 안타깝지만, 그런 만큼 내 책을 누구에게 인심 쓰듯 주는 일에는 몹시 인색한 사람이 나이지 않았던가. 대충 읽거나 아예 책을 읽지 않는 사람에게 책을 나눔 하느니 차라리 표지와 이름을 떼고 조용히 폐지 재활용함에 넣는 편이 낫다는 생각은 예나 지금이나 같다.

공공도서관에선 대출 만료일을 14일로 규정하고 있지만, 가문비 도서관에 자발적 기증이라는 명목으로 놓고 가는 이 책은 대출은 사절이며 나무 도서관 내에서 가볍게 몇 쪽 맛보는 것으로 아쉬움을 달래야 한다. 다행히 두 권의 산문집 속에는 대관령 이야기가 수록되어 있어 이 가문비 숲으로 불어오는 바람이 어디서 오는 바람인지 감각 있는 독자라면 조금은 느낄 수 있지 않을까 싶다.

낡고 오래된 것에 새 생명을 불어넣어 주는 것, 지상에 존재하는 모든 것에는 시효가 있다. 책도 삶도 마찬가지, 쓰고 나면 돌려줘야 한다. 그것도 잘 썼다는 표시로 이자를 보태면 떳떳할 것이다. 그럴 수 없다면 원금이라도 챙겨 반납하는 것이 도리가 아닐까. 저 숲의 어떤 나무도 자신이 채권자라고 주장한 바 없지만 알고 보면 우리 모두는 나무에게 빚진 자가 아닌가.

가문비 도서관에 책을 반납하고 맨발로 조금 걸었다. 누군가 등 뒤에서 '잘했어!' 하고 어깨를 토닥토닥해 주는 듯하여 걸음을 멈추면 작은 바람에 실려온 나무들의 합창이 아련히 들려오곤 했다. 나는 나무계단이 있는 자리로 돌아가 벗어둔 신발을 신고 돌아갈 준비를 서둘러야 한다는 걸 그때 알았다.

무인 시스템으로 운영 중인 이 작은 서고에 비라도 스며들까 문이 잘 닫혔는지 확인을 하고 사방을 둘러보니 낮도 아니고 밤도 아닌 회색빛 어둠이 와락, 두려움을 동반한 짜릿한 전율이 등줄기를 타고 흐른다. 그러나 이 숲의 정령들께서 결코 나를 외면치 않을 것이기에 걱정은 나무 도서관 기둥에 묶어두고 하산을 서두른다. 좁은 숲길로 들어서니 어느새 어둠이 아가리를 벌린 짐승처럼 달려들 기세다. 나는 두려움을 잊기 위해 내 편인 나무들 들으라고 큰 소리로 노래를 불렀으나 소리는 입에서만 맴돌 뿐 어둠이 깃든 숲을 흔들지는 못했다. 하지만 나는 믿는다. 나 어디에서 길을 잃고 방황하든 시간이 되면 집으로 무사히 돌아갈 수 있도록 나무의 정령들께서 동행해 주리라는 것을

난
타
,
비
의
노
래

그날, 가문비 숲으로 들어가는 문은 자물쇠가 망가져 있었고 문지기마저 사라지고 없다. 마냥 기다리기엔 너무나 목이 탔으므로, 나는 허락도 없이 살금살금 가문비 숲 안으로 몸을 넣고 말았다. 이끼 냄새를 가진 은빛 안개가 뺨을 더듬으며 달려들었다.

살다 보면 절로 되는 것이 있듯, 안간힘을 써도 안 되는 건 되지 않았다. 멈추고 바라보라는 신호를 외면했을 때 매번 우리에게 닥친 결과에 순순히 굴복했던가. 숲속은 숨이 막힐 듯한 폭풍 전야의 고요가 감돌았고, 주변도 해저 만 미터의 심해처럼 잠잠했다. 이곳 어디쯤에서 등대를 찾아야 하는데, 심증만으로 살 수 없지만 안개는 내가 탄 배를 침몰시키고 불가항력의 힘으로 나를 끌고 예까지 온 듯하다. 바람은 작은 불씨 하나를 숨기고 가문비 숲이 있는 산정까지 나를 따라왔다.

톡 톡 톡… 문을 두드리듯 난타를 시작한 빗방울. 비의 노래는 가문비나무 사이로 마치 볼레로 음악처럼, 군화를 신은 군인들이 일사불란하게 발을 맞추듯, 처음엔 작고 잔잔히 그리고 점점 크게 점점 세게 숲 전체로 퍼져나갔다. 가지 끝에 매달려 겁에 질린 듯한 빗방울들이 우산 위로 폭탄처럼 떨어지기를 20여 분. 두두두둥 북소리에 리듬을 타고 난타가 되는 비. 얼마 만에 눈을 부릅뜨고 듣는 살아있는 자연의 심장 소린지, 하늘 땅 바람 나무 꽃 풀 벌레 비.

이들이 들려주는 우중의 자연 협주곡. 나는 허공에 몸을 걸고 날아오르거나, 그도 아니면 빗방울 하나의 무게로 아래 골짜기로 휩쓸려 갈 것만 같았다. 심장이 터질 듯한 공포와 두려움, 너무 작은 존재감에 내 몸이 떨려왔다. 그러다 정신이 제 자리를 찾았을 때 나를 둘러싸고 있던 소곤거림과 잔잔한 위로, 그렇지, 숲의 정령들이었다. 큰 비가 지나가자 기다렸다는 듯 잔잔한 빗줄기들이 는개처럼 나의 오장육부에 물기를 채워갔다. 아무리 깊은 갈증에 시달려도 결국 나를 적시는 건 큰 비가 아니라 오래 내 곁을 맴도는, 가는 빗줄기였음을 알겠다.

　어디선가 다시 노랫소리가 들려온다. 저 소리에 끌려 내가 이
곳 산정까지 왔다는 걸 두 눈 부릅뜨고 믿으란 말인지. 어둠이
산정을 덮어버리기 전에 내려가야 할 발아래 마을이 도무지 내
가 살았고 살고 있는 이생 같지 않다.

　멀리 불빛들은 안개와 빗줄기 속으로 숨었다 나타나고, 나타났
다가 다시 뭉개져 버린다. 나를 붙잡는 건 비에 젖은 가문비나무
향, 그리고 그 웅장한 자연의 교향악을 제대로 음미하지 못한 아
쉬움. 언제 그 노래를 다시 들을 수 있을까. 어제에 이어 오늘도
많은 비가 내렸다. 뉴스엔 숲으로 가는 길이 폐쇄되었다고 한다.

# 경험만한 스승은 없다

가슴이 원한다면 무조건 복종할 것. 하고픈 일이 대중적 정당성을 획득하지 못하더라도 하지 않으면 안 될 것 같다면 고민하지 말 것. 바깥이 확장되기 전 내부는 얼마나 깊고 넓게 팠는지 확인할 것. 상처 있는 사람을 선택해야 하는 일이라면 신중하게 고민하고 현명하게 판단할 것. 사랑과 희생을 모르는 이에게 바치는 진실은 물거품과 같으니 설득하지도 설득당하지도 말 것.

군이 드러낼 필요는 없겠지만 감출 필요는 더욱 없는 것이 상처다. 세상에 행복한 사람이 하나면 불행한 사람은 아홉이라는 걸 기억하자. 그 하나의 단단한 행복이 허술한 아홉을 굴러가게 하는 건 진리다. 매일 좌우명 같은 말을 곱씹는 것도 중요하다. 나는 절대 불행할 리가 없고 오로지 행복하려고 세상에 온 사람이라는 걸 자신에게 주지시킬 것. 더러는 배가 터지도록 맛있는 음식을 먹고 색깔이 다른 만복감이 어떤 것인지를 경험해두는 것도 중요하다. 가끔은 필름이 끊길 만큼 술에 취해도 보고 일요일은 게으름을 즐기고, 그러나 월요일이 되면 언제 그랬나 싶게 단정할 것. 출근길은 좋아하는 음악을 들으며 세상에서 가장 행복한 사람이 되어 만인의 부러움을 살 것. 내가 행복한 사람이 아닐 때도 나는 이미 그 행복에 도달한 사람처럼 밝고 과도한 자신감을 가질 것. 여기에 더 바랄 것이 없는 사람처럼 현재를 사랑할 것.

이른 아침 물을 준 시든 화분에서 잉크 빛 나팔꽃이 하나 둘 살아나 땡땡땡! 맑은 종 쳐줄 때, 만년의 고독을 견딘 씨앗 하나와 천년의 고독을 견딘 씨앗 하나가 마주 보며 동시에 눈을 뜨는 순간과 마주칠 때, 우리가 어떻게 놀라야 하는지 나무는 알고 있을 것이다.

# 개
# 와
# 늑
# 대
# 의
# 시
# 간

 저만큼 거리를 두고 있던 나무그늘이 어느새 성큼성큼 걸어와 내 어깨에 닿을락 말락 하는 나무 그림자 아래 한 시간 가까이 부동으로 앉아있다. 지금 나는 나무 그림자를 대상으로 '무궁화 꽃이 피었습니다' 놀이를 하고 있는 것이 아니다. 하지만 내가 일어나 걸어가면 그림자도 따라 일어나 걸을 것이고 내가 누우면 그림자도 누울, 나와 나무들의 몸과 마음, 그림자를 의식한다는 건 살아서 움직이는 것들이 깊고 길게 닿고자 한다는 의미겠지. 그렇다면 나를 의식한다는 건 또 다른 의미의 자아로 해석해도 되겠다.

나무 그림자는 24시간을 주기로 하루에 한 번 제 자리로 돌아온다. 마치 컴퍼스에 연필을 끼운 뒤 중심점을 잡고 빙그르르 돌리면 동그란 원이 그려지듯 태양이라는 빛도 100% 눈으로는 확인이 어렵지만 그림자를 끌면서 그렇게 돌 것이다. 나와 눈을 맞추던 그림자가 정확히 어느 지점을 스칠 때 나는 여러 번 나를 건드려 준 어떤 기시감의 정체를 어렴풋 알게 되었는데, 그것은 다름 아닌 오래전 칸막이가 있는 좁은 독서실에서 만년필에 잉크를 넣고 있던 남자의 팔꿈치를 내가 툭 치는 바람에 책 위에 뚜껑 열린 잉크병이 엎질러져 얼마나 큰 낭패를 보게 했는지, 그후 오랫동안 나는 내 뜻과 상관없이 누군가의 소중한 그 무엇들을 엎지르는 문제아 그 이상도 이하도 아니었다.

'개와 늑대의 시간'이라는 말이 있다. 얼핏 들으면 인디언 이름이 연상되지만, 이것은 프랑스 속담으로 '황혼'을 의미한다고 한다. 국내에선 모 방송국 수목 드라마 제목으로 쓰였다고 하는데, 이는 낮의 짙은 붉은색이 밤의 짙은 푸른색과 만나 섞이면서 사물의 윤곽이 흐려져 저 멀리 다가오는 실루엣이 내가 기르던 개인지 나를 해하려는 늑대인지 분간하기 어렵다는 의미를 상징하는 말이란다.

나는 낮에서 밤으로 가는 개와 늑대의 시간을 좋아한다. 머무는 곳이 어디라도 그 시간만큼은 혼자 오롯이 누리고 싶어 아직도 그 시간을 의식하며 맞고 보내는 비현실 주의자. 특히 낯선 여행지에서 홀로 마주하는 그 순간순간의 이어짐은 모든 움직임을 정지하고 나무가 있다면 나무에 기대거나 바닥에 몸을 가지런히 펴고 시간이 흘러가는 것을 눈으로 보고 몸으로 느끼는 것에 집중한다. 그리고, 눈을 길게 한 번 감았다 다시 뜨면 조금 전까지 투명했던 백지가 검은 암막으로 바뀌어 있을 때의 막막한 안도감, 그것은 우주와 내가 일체가 되는 매직을 경험하는 것으로밖에 달리 설명할 길이 없다.

## 나는 소나무에게 말하지

1.

오래전이라 해야 하나, 얼마 전이라 해야 하나. 숲으로 첫발을 들이는 순간, 만지면 바스러질 것 같은 뱀의 껍질들이 눈물 없는 슬픔처럼 물푸레나무에 깃발처럼 매달려 있었다. 수 백 마리는 족히 되어 보이는 회색 얼룩무늬 뱀들이 수직으로 서있는 물푸레나무숲, 나무에 허물만 벗어두고 몸통은 어디로 사라진 걸까.

물푸레나무숲이 끝나는 산허리 동쪽 지점에 도착하면 내 발은 알아서 왼쪽 10시 방향으로 몸을 틀어 빽빽한 수풀을 헤치며 걷게 된다. 시선은 구름에 걸려있고 입에선 가벼운 노래가 흐르지만 무언가가 종아리를 더듬거나 기어오르거나 노골적으로 살을 콕콕 찌르며 달려드는 그때서야 그 숲에 든 이유를 알게 된다. 나, 농익은 산딸기를 찾아 나섰다는 것. 그러나 해마다 이맘때 숲을 붉게 물들이던 산딸기는 '언제 내가?' 하는 표정으로 자취를 감추고 없다. 한발 늦은 것이다.

아무리 너그러운 숲이라도 그들은 그들 계획에 따라 열매를 돌보고 키울 뿐 언제나 창고 문을 개방하지 않는다는 걸 잊고 있었다. 그렇다고 이것이 헛걸음일까. 내가 다른 일에 빠져있을 그 즈음에 딸기의 계절이 끝나버렸다는 걸 가시로 종아리를 콕콕 찌르면서까지 알려준 것일 텐데, 왜 나는 엉뚱한 상상으로 오싹했던 것일까. 그러면서 그 많은 산딸기를 누가 다 따갔냐고 죄 없는 풀들에게 큰소리 치려 했는지.

온전한 세계를 찾고자 현실을 박차고 떠났다고 누구나 그곳에 닿을 순 없다. 그러나 멈추지 않고 걷다 보면 어느 밤중 혹은 신새벽에 자신의 두발이 신대륙에 닿았다는 걸 알게 될 것이고, 그것이 바로 찾고자 한 자아가 아닐까. 끝났구나 하고 마음을 거두려던 순간, 풀숲 깊이 몸을 숨기고 마지막까지 기다려 준 농익은 딸기 한 줌. 넌지시 눈 맞추며 내 손 잡아줄 때, 아하, 이거였나. 익을 때로 익어 말캉하고 붉고 달착지근한.

2.

물푸레나무과에 속하는 물푸레나무는 '물을 푸르게 하는 나무'
란 뜻을 가진 순우리말 이름이다. 실제로 물푸레나무의 어린 가
지를 잘라 껍질을 벗겨 물에 담가두면 파란 물이 우러난다. 그냥
이름으로 치자면 수수꽃다리. 사스레나무, 자작나무 등도 내가
좋아하는 예쁜 이름이다. 선조들이 식물의 이름을 지을 때 그냥
기분대로만 부르고 지었겠는가. 식물의 전체적인 생김새, 이파
리, 열매, 씨앗, 향기, 특징, 효능 등을 종합해 그 이미지에 적합
한 이름을 붙였다는 걸 왜 모를까.

허나 부르는 것만으로 유쾌해지는 이름이 있다면 당연 물푸레
나무다. 나는 '물푸레'라는 이름의 나무를 알고, 시詩 '한 잎의 여
자'를 안다. 그 물푸레나무를 직접 보기 전까지 내 마음 안 물푸
레는 세상에 몇 안 되는 귀하고 아름다운 이름으로 각인되어 있
었다. 그리고 오규원의 시는 내가 상상하는 물푸레나무에 대한
이미지를 보충 확장하는데 적잖은 기여를 했다고 본다. 거두절
미, '물푸레나무'라는 단어를 발음할 때 느껴지는 그 신선함, 봄
에 노란 꽃이 피고 몸 전체에 흰 반점이 있는 나무 물푸레.


옛날 서당에서 공부하는 아이들에게 공포의 대상이던 회초리
재료가 물푸레나무 가느다란 가지였다는 걸 아는 이는 몇이나

될까. 훈장님께서 어린 제자들에게 낭창낭창 살에 감기는 회초리를 여린 종아리나 손바닥에 휘두를 때 아무리 살살 때려도 아픔은 배가 되는 탓에 다들 두려워했던 회초리가 물푸레나무였고, 그 외 다양한 용도로 쓰였지만 겨울에 눈이 많이 오는 강원도 산간 지방에선 눈에 빠지지 않고 걸을 수 있는 신발, 설피의 단골 재료였다.

성년이 되어 본 물푸레나무는 상상만큼 낭창낭창 예쁜 나무는 아니었다. 이곳 숲에선 무리 지어 자라는 물푸레나무를 늘 보는데, 나무의 특징이 기둥이나 가지에 새겨진 흰 무늬가 마치 얼룩물뱀이 연상되기 때문이다. 실제로 뱀이 물푸레나무를 휘감고 있는 건 보지 못했으나 봄날 마른 가지에 잎이 나올 때 물푸레나무를 보면 왠지 징그러운 마음에 선뜻 손이 가지 않는다. 우리가 징그럽다 여기는 물푸레나무 흰 무늬는 성목이 되면 자연스럽게 사라진다. 하지만 시베리아 타이가 숲을 중심으로 활동하는 샤먼들은 대체로 가문비나무, 자작나무 등을 신목으로 모시는데 물푸레나무도 예외는 아니다.

물을 푸르게 하는 나무 물푸레. 이렇게 예쁜 이름 덕분에 나는 물푸레나무를 사랑하는, 한 잎의 물푸레 같은 여자가 되고 싶었는지도.

이렇게 살아보고 싶었다

　우리 산에서 가장 좋아하는 나무를 꼽으라면 주저치 않고 '소나무'다. 소나무 다음으로 무슨 나무를 좋아하는지 묻는다면 시간을 두고 생각해 본 후 답하지 않을까 싶다. 한때는 기개와 강인함의 상징인 멋진 소나무를 찾아 전국을 돌던 때가 있었다. 특히 고찰을 들고나는 길에 마주하는 소나무는 사찰 못지않게 명품의 품위를 지닌 듯하다. 마곡사 주변의 우람한 소나무 숲, 울진의 금강송, 봉화 깊은 골짜기에서 마주친 소나무, 서해 태안반도를 지키는 소나무들, 부산을 출발 7번 국도를 따라 오른쪽에 바다를 끼고 북으로 올라가면서 만나는 해변(해파랑길)의 송림과 서해안을 지키는 늠름한 기상의 소나무들, 정조가 그토록 아끼고 사랑했다는 세상 어디에 내놓아도 손색이 없는 선비의 풍모를 지닌 수원 화성의 조선 소나무들.

천년의 시간을 간직한 고대 도시답게 기품 있고 무게감이 느껴지는 도시 경주. 그 분위기는 도처에 고려 시대 유물과 왕릉이 있어서일 텐데 각 계절마다 느낌을 달리하는 능의 풍성하고 여유로운 선은 누구라도 매료되고 남을 것이다.

어느 겨울바람이 몹시 사나운 날. 황룡사지 빈 들판을 가로질러 선덕여왕릉을 찾아 나섰다. 신라의 찬란한 문화를 꽃피우고 삼국 통일의 기초를 닦은 선덕여왕 능은 그의 유언에 따라 낭산 꼭대기 울창한 숲에 자리를 잡았다. 작은 이정표를 따라 오르는 길엔 세월의 풍상을 견딘 저마다 다른 날개를 가진 새처럼 휘어질 대로 휘어져 탄성을 지르게 되는 소나무의 멋스러움이라니, 경주 낭산에 가면 우아한 품새의 능이 있다. 선덕여왕을 뵈러 가는 길 양편에 구부러지거나 쭉쭉 뻗은 소나무가 없어도 매번 그 길을 걷고 싶었을까.

내가 찾아간 전국의 휴양림은 대부분 소나무 숲을 끼고 있다. 그만큼 소나무는 우리나라 산에서 흔히 볼 수 있는 대표적이고 대중적인 수종이다. 늘 보는 나무라 특별할 것이 없다고 생각했다면 수정을 고려할 문제다. 소나무는 사계절 푸르름을 유지하는 기상도 맘에 들지만, 아무리 많은 소나무가 있어도 생김새가 같은 나무는 하나도 없고 저마다 각별한 개성을 보여준다. 흔하지만 천하지 않고, 곧은 나무는 곧은 대로 휘어진 나무는 휘어진 대로, 각기 다른 개성과 매력을 지닌 나무가 바로 우리의 소나무다.

미끈하게 위로 뻗은 가문비나무가 서양의 대표적인 침엽수라면 소나무는 아시아 우리 조선의 대표목이다. 특히 소나무 목피는 용의 몸에 새겨진 비늘처럼 매우 사실적이고 역동적인 명암으로 어느 땐 나무가 살아서 꿈틀거리는 듯한 착각을 하게 한다.

얼마 전 마곡사에 들러 높은 암자까지 올랐다가 내려오는 길에 폭우와 천둥번개를 만났는데, 우르릉 쾅쾅 눈앞에서 번개가 번쩍할 때마다 소나무 정령들이 길을 막고 춤을 추는 환상을 본 순간 내 몸이 그 자리에서 바위가 되었던 경험을 떠올리면 지금도 오싹해진다. 그 후 소나무는 홀로 왜군을 무찌른 이순신처럼 우리의 산야를 지키는 최고의 명장이 되었음은 물론 내겐 참으로 우러러보기에도 아까운 듬직한 애인 같은 존재가 아닐까 싶다.

속초 설악동 척산온천 어디쯤에서 담은 사진 한 장을 오래 들여다본다. 곁에 서있는 얼룩무늬 물푸레 나뭇가지를 온통 금빛으로 물들이는 저 화려한 신성. 그 곁으로 이어지는 자작나무 숲. 푸름, 신비감, 차고 넘치는 에너지에 휘청 몸이 흔들린다.

금빛 햇살에 휘청거리는 걸음을 멈추고 거듭 치어다본다. 늙은 소나무에게서 불꽃같은 열정과 얼음 같은 냉정을 동시에 느낀다. 이것이 소나무가 가진 위엄이 아닐까. 이 사나운 세상, 한 자리에 오래 붙박어 삶에 지친 민초들이 찾아와 그들이 베푸는 그늘에 기대고 우르를 수 있는 푸른 소나무가 있어 실바람에도 흔들리는 검불 같은 우리들은 혼을 조아려 읍소할 수 있으니 얼마나 다행인지.

　시골로 돌아왔다.

　캄캄한 밤이 끝나면 찬란하지는 않더라도 밝은 아침은 어김
없이 온다는 믿음조차 없다면, 우리는 몸을 허공에 기대고 사는
바람과 다를 게 없을 것이다. 창이 밝았다는 것은 일어나 몸을
움직이라는 신의 메시지다. 가족이 있고 따뜻한 밥이 있는, 내
가 잠을 자고 일어난 집의 작은 현관문을 열고 밖으로 나간다는
건 크든 작든 다른 세계로 들어가는 첫 문이 기다린다는 것을
의미한다. 그러나 이 고원에 발을 들이는 순간 참을 수 없이 가
고 싶고, 가서 걸어야 할 그곳을 생각하는 것만으로도 아이처럼

즐겁다.

집을 나가 산의 들머리에서 문을 의식한다는 건, 세상 모든 것은 그들만의 세계가 있으며 그것은 곧 그들을 주재하는 신의 존재를 인정하는 첫 단계에 속한다고 봐도 무방하다. 충분한 루틴이 생겼다고 믿지만 나는 숲의 문 앞에서 서두르는 두 발과 심장을 달래느라 호흡을 고르는 잠시의 시간마저도 아까워한다. 늘 하는 일이기에 사소할 수도 있으나 그곳이 어디든 문을 여는 일은 결단과 용기, 습관과 인내가 요구된다.

사는 일, 달리 말해 내가 가고 싶거나 가야 할 세계는 무수히 많은 문들로 이루어져 있다. 인간은 출생과 동시에 타인의 도움을 받지만 성년이 되면 어느 문이든 자신에게 맞는 열쇠가 있을 거라는 희망을 안고 세상을 향한 걸음을 내딛는다. 가진 열쇠가 많아 진정 원하는 것이 무엇이며 어느 문에 어느 열쇠가 딱 맞아 문이 열릴지는 경험해 보지 않고선 알 수가 없다.

어느 열쇠는 길을 가다 흘려버리기도 하고, 또 어느 열쇠는 잊고 있다가 계절이 지난 재킷 주머니에서 슬쩍 걸려들어 미소 짓기도 하지만, 중요한 것은 열쇠가 없어도 내가 들고자 하는 의지만 있다면 열 수 있고, 열려있는 문은 무수히 많다는 것을 내가 축복받은 대지를 무상으로 출입하는 것만 봐도 알 수 있는 일 아닌가.

시골로 돌아왔을 때 숲행을 거르지 않는 건 나와의 약속이다. 직장은 정해진 테두리 안에서 수고비를 받고 휴일을 정해 쉬는 날도 있지만, 나의 출근은 무급인 대신 그들처럼 정해진 장소와 시간을 반복하지 않아도 되는 자유로움이 있다. 대신 계절과 날씨와 기분에 따라 몸이 원하는 곳을 가는 배려를 받는다. 그러려면 다양한 경험은 필수다. 높은 산이라 하여 무조건 겁먹을 필요도 없지만 낮은 숲이라고 가벼이 여기면 곤란하다. 산악인이 아니어도 컨디션이 최상일 땐 3, 4천 높이의 히말라야 트래킹도 산보처럼 가벼울 때가 있고, 몸 상태가 저조하면 앞산도 히말라야 고봉 못지않게 힘들 때도 있다. 어떤 일에 도전하든 가장 중요한 것은 몸을 수련해 몸과 정신을 최상으로 끌어올리는 준비과정은 필수며, 그것은 전반적으로 삶의 질을 높이는 데 매우 중요한 밑거름이 된다.

의식 속에는 누구를 만나든 새로운 여행지를 찾아가든 현관문을 열고 나가면 그다음은 새로운 문을 여는 의식이 기다린다고 믿는다. 그 길이 초행이라면 문 앞에서 기침이나 노크를 하고 반가운 사람이 맨발로 뛰어나와 문을 열어주는 그 순간을 행복하게 상상해 보라.

생을 조금 살아본 사람들은 안다. 거창한 것을 꿈꾸는 것보다 지금 몸으로 하는 작은 실천이 백번 옳다는 것을. 무엇이든 행동

함으로써 받게 될 고통을 두려워하는 사람이라면 그 두려움이 자신의 행복을 갉아먹고 있다는 사실을 인지하기는 쉽지 않다. 행동이 행복을 보장하지는 못할지라도 불행했을 때 그것을 딛고 일어서는 쾌감을 알려주기는 한다. 크든 작든 그것을 깨우치는 건 전적으로 개인의 몫이지만.

8년 만에 나를 찾아온 친구가 물었다. 낮엔 나무 사원을 지키고 밤엔 글을 쓰는 지금의 생활에 만족하냐고. 내 답은 명료했다.

'어쩌다 보니 이리 살고 있더라, 가 아니라 예전부터 나는 이렇게 살고 싶었다'고.

# 만추에 더욱 아름다운 잎갈나무

소나무, 전나무, 잣나무, 잎갈나무, 가문비나무, 구상나무…. 내가 알고 있는 침엽수는 이 정도다. 그나마 실물과 이름을 섞어 놓으면 긴가민가하면서 헷갈려 할 것이 분명하다. 지구상에는 약 550종의 침엽수가 있다고 한다. 이 사실 하나만 보더라도 소위 만물의 영장이라고 소리치는 우리가 알고 있는 세계란 얼마나 단편적이고 협소한가.

양손에 빵과 고기를 들고도 더 많은 소유를 위해 전쟁으로 무고한 생명을 희생시키는 잔인한 종이 인간이다. 이 게임은 누구를 위한 것인가. 자신밖에 모르는 인간의 이기심은 정작 싸워야 할 대상이 누구인지도 모르고 맹목적인 희생을 요구한다. 동물의 세계는 지금 배가 부르면 그만이지만 인간은 세계는 내일 혹은 언제쯤 필요할지도 모를 잉여를 위해 피를 흘린다. 그런 면에서 인간은 지구상에서 가장 이기적이고 어리석은 종種이다.

그늘 의자에 앉아 가문비 씨앗(솔방울)을 관찰 중이다. 검은 청설모 한 마리가 제 몸보다 큰 씨앗을 물고 가다 인기척에 씨앗을 놓고 나무 위로 줄행랑을 친다. 녀석은 잣이나 도토리 같은 열매만 좋아하는 게 아니라 가문비 씨앗도 좋아하는 모양이다. 그리고 보니 바닥 여기저기에 떨어져 있는 가문비 씨앗이 많이 보였다. 인간이 먹으려고 키운 잣나무 열매를 청설모가 야금야금 축내고 있는데 뭘 좀 얻어보겠다고 나무를 심고 가꾼 인간은 속수무책이다.

아름드리 침엽수를 살피다 보면 바닥 곳곳에 떨어진 씨앗이 무더기로 싹을 틔운 어린 묘목과 성목을 비교하게 된다. 도대체 이 어린 묘목이 어미나무가 되려면 얼마의 시간이 필요할까. 동물도 식물도 생이 가장 왕성한 주기에 집중적으로 열매를 생산한다. 그들은 무슨 수를 써서라도 종자를 퍼뜨려야 하는 책무를 본능적으로 알고 있다. 다산多産하는 동식물들 못지않게 이제 그들과 같은 문제에 봉착한 인간.

　'동물의 양식입니다. 산나물 채취나 잣 혹은 도토리나 열매를 함부로 따거나 만지지 마세요.' 국립공원에 입장하면 이런 안내판을 보게 된다. 지금은 먹을거리가 넘쳐나지만 우리는 언제부턴가 동식물의 먹이까지 넘보고 있다. 자연이라는 밥상에 인간이 함부로 손을 대는 건 예의가 아니다. 우리는 우리가 기른 걸 먹고 그들이 기른 건 그들이 먹도록 예를 지켜야 한다. 미래는 세계가 종자(양식) 전쟁에서 자유로울 수 없을 것이다. 지구환경의 파괴로 자신의 후손들이 줄고 그들의 양식을 무작위로 착취하는데 가만히 있을 자는 없다. 그들이 마을로 내려와 사람이 가꾸는 농작물에 입을 댄다고 덫을 놓거나 엽총을 겨누는 것은 주객이 전도된 경우다.

　우리는 가문비나무가 어떤 생각을 하며 아침을 맞는지 알지 못한다. 나무에 대해 안다고 말하는 것은 겨우 겉모습, 표피나 사철 푸른 이파리 정도에 불과할 뿐, 씨앗은 나무에서 분리되는 순간 그 자체로 완벽한 세계, 즉 이상향을 향해 날개를 펼친다. 이때 우리는 바람의 옷을 입고 우우~ 하는 진동음이 씨앗의 노래가 아닐까 하는 추측만 할뿐, 자연은 먼 미래까지 생각하지 않는 대신 오늘 최선을 다해 지금 그 자리에서 빛나는 삶을 보여준다. 바람이나 급류를 타고 먼 어딘가로 여행 중인 많은 씨앗들은 우주의 미래이고 인류의 미래다. 저들의 식량창고를 함부로 약탈해선 안 된다. 우리들은 그들 양식에 손댈 자격이 없다.

# 제3장 ─ 여행, 여자에게서 여자에게로

모든 자연은 인류 공공의 자산

　제인 구달Jane Goodall. '제인구달연구소'를 운영하고 있는 그녀는 세계적 영장류학자이자 동물행동학자, 환경운동가, 인류학자 그리고 '뿌리와 새싹'이라는 단체를 이끌며 자라나는 청소년들에게 환경에 대한 인식을 심어주는 운동을 활발하게 하고 있다. 제인 구달은 2021년 '종교계 노벨상'으로 불리는 템플턴상 수상자로 선정되었으며 존 템플턴 재단은 "구달 박사가 평생에 걸쳐 과학적·영성적 호기심으로 인류가 자연 세계와 어떻게 연결됐는지 이해하는데 기여했다"는 공적을 발표한 바 있다.

　그녀 나이 겨우 스물여섯, 철창에 갇힌 고릴라와 침팬지가 어떻게 살아가는지 관찰하기 위해 아프리카 깊은 밀림 속으로 그들을 찾아 나섰다. 그녀의 행보는 조용했지만 동물학계에 혁명을 알리는 계기가 되었다. 탄자니아 곰베사냥금지구역(현재 곰베국립공원) 자연사 박물관의 루이스 리키 박사의 제자가 될 수 있었던 건, 제인이 평생 원하는 일을 할 수 있도록 길을 열어 준 셈이다. 후일 제인은 말한다.

"살면서 겪는 일들은 대부분 우연처럼 보이지만 생각해 보면 우연이 아닌 것 같다. 무슨 일이든 일어난 이유가 있는 것처럼 느껴지기 때문이다."

아프리카 밀림에서 침팬지의 일원이 되어 그들의 삶과 행동을 연구한 제인 구달은 침팬지가 나무를 이용해 흰개미를 잡아먹는다는 사실을 세상에 알려 많은 사람들을 놀라게 한 시초가 되었다. 이것이 알려지기 전까지는 인간만이 도구를 사용할 수 있다고 생각했다. 그리고 생물학적으로 거의 같은 침팬지도 권력, 다툼, 사랑, 기쁨, 행복, 슬픔, 두려움, 절망, 분노뿐 아니라 고통과 같은 감정을 느끼고 표현한다는 것을 알아냈다. 다만 사람은 언어를 이용한 대화로 교감하지만 동물들은 마음과 행동으로 이어지는 것이 다를 뿐.

이런 연구는 인간의 입장만을 생각하며 자연을 지배하려 했던 것에 경종을 울렸고, 자연계에서 살아가는 모든 생명체는 다 같이 존중받아야 한다는 사실을 깨우쳐 주었다. 그 결과 "지구는 지구에서 살아가는 모든 생명체의 것"이라는 선언과 더불어 인간은 지구에서 살아가는 무수한 생명체 중 하나에 불과하므로 모든 생명체의 것인 자연을 함부로 파괴할 권한이 인간에겐 없다는 입장을 단호하게 밝힌 바 있다. 감히 누가 제인의 이런 주장에 반기를 들 수 있을까.

"여러분이 세계에 아무런 영향도 미치지 못한 채 지나가는 날은 하루도 없다."

'뿌리와 새싹'이라는 청소년을 위한 프로그램을 진행 중인 제인은 우리의 미래를 이끌 청소년들을 위한 연설에서, 매일 한 사람이 만드는 변화의 가치에 대해 설파했을 때 많은 이들이 마음을 움직였고, 그 운동에 동참 의사를 밝혀왔다.

또 한 사람, 지구환경에 관심 있는 사람은 스웨덴 출신의 10대 환경운동가 그레타 툰베리Greta Thunberg다. 툰베리는 열다섯 살이던 2018년 등교를 거부하고 스웨덴 국회 앞에서 기후 위기 해결을 촉구하는 1인 시위를 벌이며 '미래를 위한 금요일FFF' 운동을 발족시켰다. 이후 청년 환경운동가로 주목받은 툰베리는 2019년 유엔총회에서 연설했고, 노벨평화상 유력 후보로 세 차례나 거론되기도 했다.

그녀는 탄소 배출을 줄이기 위해 비행기를 타지 말자던 자신의 주장대로 먼 거리를 돛이 달린 태양광 보트를 타고 대서양을 건넜다. 2019년 타임지가 선정한 올해의 인물에 노벨 평화상 후보로 올랐던 스웨덴 환경운동가 청소년 툰베리. 툰베리는 8세에 처음 환경운동에 관심을 가지게 되었다. 그리고 말한다.

"이 일은 하고 싶어서 하는 일이 아니라 해야 하기 때문에 하는 거"라고.

기후 위기 문제를 알아갈수록 미래가 어둡다는 사실에 어린 툰베리는 직면하고 싶지 않았다. 너무나 우울했고 슬펐다. 그래서 아무것도 하지 않았고 오래 우울감을 느껴야 했다. 그러다 가장 좋은 약이 무얼까 하는 생각을 거듭한 결과는 '변화를 위해 행동하고 노력하는 것'이었다고 한다.

풀 한 포기 꽃 한 송이 돌멩이 하나도 개인의 울타리 안에 나무를 심고 가꾼 것일지라도 크게 보면 자연은 결코 개인의 것이 될 수 없다. 관리할 의무는 있지만 소유할 권리는 없다. 태양은 하나다. 신은 하나뿐인 태양을 가르지 못하도록 명한 대신 그 반대쪽을 위해 달을 만들었다. 모든 생명은 음양의 결합체이며, 풀 한 포기라도 종자를 만들고 키워 그 종자가 유기적 체계를 갖추고 번성하도록 명했다. 짐승은 대대손손 새끼를 낳고 식물은 부지런히 열매를 만들어 동식물의 번성을 도와야 한다. 식물이 없는 동물의 세계를 상상할 수 없듯 동물이 없는 식물의 세계 또한 존립할 수 없다는 것을 우리는 알아야 한다.

　나무가 밀집되어 있는 숲으로 들어가면 무겁던 머리가 맑아지고 우울감이 사라지는 경험을 하게 된다. 나는 그것을 '산소효과'로 명한 바 있다. 숲은 탁한 공기를 내보내고 정화하는 것은 물론 동식물을 포함 모든 생명체의 삶의 질을 좌우한다. 그렇지 않다면 우리는 무엇을 위해 산에 나무를 심고 길을 닦고 꽃을 심는 수고를 하겠는가. 그것은 나무를 심고 꽃을 보는 동안 받게 되는 심리적 보상만으로도 수고의 대가는 충분하다. 만약 노력은 하지 않고 즐기려고만 하는 사람이 있다면, 직접 땀 흘리며 가꾸는 사람에 비해 받게 될 보상은 상대적으로 적을 수밖에 없다.

나는 사람들이 어디에 뿌리는 내리고 살더라도 내 땅, 내 건물이라는 재산 개념에서 자유로워지길 바란다. 인간이 100년을 산다 했을 때 그 일시적 소유를 위해, 세세토록 후손들에게 아름다운 자산으로 물려줄 자연을 무작위로 훼손하고, 동물을 몰살시키고 유전자를 조작한 식물을 먹고 살아야 하는 미래에 우리는 어떤 희망을 가질 수 있을까.

내가 자주 찾는 숲에서 누리는 이 소중한 힐링을 환경이 받쳐주지 않아 훗날 우리의 아이들이 이런 자연을 누릴 수 없다면 그들의 미래는 어떻게 될까. 지금보다 나은 환경을 물려주지 못하더라도 지금보다 못한 환경에서 살게 해선 안된다는 절박한 마음으로 환경운동에 동참할 순 없을까. 그레타 툰베리는 8살에 지구환경에 위기감을 느꼈고, 노구老軀의 제인 구달은 여전히 자신을 필요로 하는 현장에서 환경운동을 실천하고 있다. 이들의 공통점은 둘 다 환경운동가인데 그냥 환경운동가가 아니라 '실천하고 행동하는 운동가'라는 것이다. 내가 그들을 존경하는 이유다.

# 전나무, 지는 싸움도 준비가 필요하다

전나무 숲으로 들어선다. 비가 내린 오늘 아침에도 걸었고 어제 오후에도 걸었다. 이 숲의 들머리에 서면 왠지 정의로운 세상을 위해 싸울 준비를 마친 세계 최강 용병들이 각을 세우고 서있는 연병장으로 들어서는 분위기다. 한 치 흐트러짐도 없는 저 결기. 전나무는 나무 자체가 우람할 뿐 아니라 몸 전체와 기둥은 물론 끝부분까지 곧게 자라 강인하고 절도와 패기가 넘치는 무적의 최강 부대를 연상시킨다. 특히 혹한의 겨울, 강풍과 폭설이 내릴 때 활엽수들이 앙상한 가지만으로 서있는 모습과 달리 겨울 전나무 숲은 뭔가 확고한 세계에 진입한 듯 강렬한 에너지를 느끼기에 부족함이 없다.

  사람이 사는데 가장 쾌적한 고도가 해발 700m라고 한다. 어쩌나 보니 내가 사는 곳이 바로 그 높이다. 대관령은 '국민의 숲'을 중심으로 수령이 6~70년 된 아름드리 전나무가 숲을 이룬다. 한반도에서 평균기온이 가장 낮은 곳으로 알려진 대관령은 전나무가 자라기엔 좋은 조건을 갖추고 있으며 대개 혼효림混淆林으로 전나무뿐 아니라 가문비나무, 자작나무, 잎갈나무, 잣나무, 소나무 같은 침엽수와 활엽수들이 어울려 숲을 이루고 있다. 나는 이른 아침 안개가 잔잔히 퍼지는 전나무 숲 산책을 그 어느 걷기보다 애정 한다. 단잠에서 깨어난 풀꽃들이 기지개를 켤 때 흩어지는 알싸한 공기는 몸 안에 쌓인 찌꺼기를 걸러 두뇌를 맑게 하는 역할을 톡톡히 한다.

  국내의 3대 전나무 숲을 꼽자면 광릉국립수목원 전나무 숲, 부안 내소사 전나무 숲, 그리고 오대산 월정사 천년의 숲이다. 우리나라 수목원의 메카인 광릉수목원 전나무 숲의 시작도 일제강점기인 1927년 오대산 월정사 전나무 숲에서 5년생 전나무를 옮겨심었던 것이 시초였다. 그걸 기준으로 봤을 때 광릉수목원 전나무 나이는 약 110살로 추정된다.

월정사 전나무 숲, 특히 이 지역(강원도 평창)에서 전나무 숲길 하면 오대산 월정사 '천년의 숲'을 제외하고 말할 순 없다. 국내 3대 전나무 숲에서도 월정사 전나무 숲은 연륜으로 보나 규모로 보나 맨 앞자리에 서야 할 숲이다. 이 숲길은 월정사 일주문부터 금강교까지 이어지는 편도 약 1km의 숲길로 전나무 1,700여 그루가 하늘 높이 뻗어있는 천년고찰 월정사를 대표하는 길이다.

　이 길을 제대로 걸으려면 월정사 주차장에 차를 세우고 금강교를 건너기 직전 오른쪽 조붓한 숲길을 따라 계곡을 왼편에 두고 걷다 보면 일주문을 만나는데 일주문에서 다시 시작 금강교까지 걷는 코스(전나무 숲길 순환탐방로 1.9km)를 권한다. 맨발로 걸어도 좋고 비 오고 눈 오는 날 산책하듯 걷기에 좋은 길이다. 그렇게 한 바퀴를 돌아 월정사에 도착하는 이 길은 평편한 흙길에다 우람한 전나무가 호위하고 있어 신성한 경외감은 들지만 지루함은 없다. 이 길을 걷다 보면 천년을 삶을 내려놓고 텅 빈 속 보여주며 미련한 중생들에게 무엇을 전하려는지, 아무리 생각이 없는 사람이라도 세월에 풍장 되고 이제 겨우 몸통 일부만 남아 흙에 가까운 고사목을 보고 있노라면 누구라도 걸음을 멈추지 않을 순 없을 것이다.

　하지만 전나무 숲의 진수를 보려면 역시 겨울 혹한에 흰 눈이

내려 쌓일 때 가장 근사하다. 이 숲의 시작은 약 1,000년 전 월
정사 앞에 심은 전나무 아홉 그루였다고 한다. 전나무는 예로부
터 사찰 주위에 흔히 심어온 나무였는데, 곧고 바르게 자라는 데
다 방화의 역할도 한다. 이 숲길 끝에 자리한 월정사는 1,400년
역사의 유서 깊은 고찰이다. 이 정도 걷기에 아쉬움이 남는다
면 상원사로 이어지는 부도탑을 지나 계속되는 숲길(선재길. 약
10km)을 이어 걸어도 좋다. 그렇게 발품을 팔아 상원사로 오르
는 길목의 아름드리 전나무는 할 말을 잊게 만든다. 천년의 숲을
제대로 걸었다면 이제 어떤 숲을 찾아간들 시들해질 확률이 높
다. 그러나 전나무는 다른 나무와 비교했을 때 조금 다르다. 아
무리 많이 오래 보아도 질리지 않는 나무 중 하나가 바로 전나무
이기 때문이다.

천년의 숲을 나와 약 2~30분 거리에 있는 밀브릿지(구 방아
다리 약수터)로 가보자. 이곳은 개인의 소유로 전나무를 심기
시작한 지 약 60년쯤 되었다고 한다. 예전엔 자주 찾던 숲이었
는데 진부 오일장에 들러 장을 보고 국밥으로 점심을 먹고 대관
령으로 돌아오던 길에 문득 생각이 나 핸들을 꺾었다. 마을에서
소득사업으로 심었다는 가로수 마가목은 꽃보다 붉은 열매들
이 가지가 휘어지도록 매달려 다산으로 가을이 깊어감을 실감

나게 했다.

이승복기념관과 계방산으로 이어지는 길은 가을 정취가 물씬 풍겨 한적한 강원도 산길의 진수를 보여준다. 방아다리 약수터는 그 자리 그대로였으나 주인이 바뀌면서 이름도 바뀌어 모던하고 깔끔한 건물이 적재적소에 들어서 있었다. 정문 매표소를 지나 안으로 들어가자 전나무 숲은 그대로 보존되고 새로 지은 건물은 힐링을 위해 찾아오는 이들의 쉼터로 바뀌어 있었다. 예전 그 유명한 방아다리 약숫물은 음용수로 부적합 판정을 받았는지 폐쇄되고, 숲 산책로 사이사이 덱과 편안한 의자가 배치되어 방문자를 맞았다.

혹독한 기후에서 가장 오래 살아남는 나무가 수목한계선에서 흔히 볼 수 있는 사스래나무로 알고 있지만 그 원칙을 깨는 나무가 있으니 그가 바로 전나무다. 식물의 세계도 알고 보면 철저히 동물의 세계 못지않게 약육강식의 논리가 적용된다. 우리가 의식하지 못하는 이 순간에도 주변 산이나 들에 자생하는 각종 식물들의 자리다툼은 치열하게 벌어지고 있다.

예를 들면 묵정밭에 한 종의 식물이 다른 종을 물리치고 살아남을 수 있는 것도 그 식물이 갖고 있는 환경 적응 능력이 경쟁 상대인 식물보다 우월했기 때문이다. 한 식물이 같은 곳에서 오랫동안 안정된 생존을 유지하려면 끊임없이 자신을 위협하는 식물들보다 환경 적응력에서 뛰어나야 하는 건 두말할 나위가 없다. 굴러온 돌이 박힌 돌 뺀다고, 좋은 예가 바로 전나무가 오래된 사스래나무의 터전을 빼앗는 경우다. 굳이 사스래나무를 예로 들지 않아도 그런 경우는 종종 있다고 한다.

아무리 최선을 다한다 해도 모두를 이길 순 없다.

그것은 진리다.

하여 강자라도 가끔은 지는 싸움을 준비할 필요가 있는 것이다.

# 이 이야기는 어디에서 온 손님인가

우뚝 솟은 바위산 위로 만년설이 눈부시다. 저 고산 가까이 다가서면 발밑으로 빙하 호수가 있고 호수 주변으로 하늘을 향해 곧추선 나무들이 당당하게 터전을 이룬 검푸른 숲을 보면 이상향처럼 마음이 동요되곤 했다.

콘도르가 태양신을 향해 거대한 날개를 펴면 나는 눈을 뜨고도 콘도르 날개 위에 올라타는 멋진 꿈을 꾸기도 한다. 그 숲의 주인인 가문비나무나 전나무는 어떤가. 우람한 숲을 키워낸 저들이야말로 신이 허락한 장소에 특별 거주권을 가진 존재들이구나 하는 생각을 떨칠 수가 없다. 저 고도에서 그것도 초연히 검

푸른 숲을 누리는 저들은 대체 누구이며 어디서 왔는가.

　부럽고 또 부럽다. 혹독한 기후조건 속에서도 존재감을 유감없이 보여주는 상록수들. 저들이야말로 위기를 기회로 만드는 특권자들이니 경이로울 수밖에. 수목한계선을 지키는 나무 중에는 바람이 거센 비탈 방향에 자리를 잡은 나무들은 위로 자라지 못하는 대신 주변의 바위를 붙잡거나 그도 여의치 않으면 자신의 몸 안으로 파고 들어가 자신 속에서 굽고 뒤틀리면서 세월이 쌓이는 만큼 돌처럼 단단해진다고 한다.

　나무는 나무가 가진 본래의 소리나 향기를 안으로 응축시키는 동안 산만한 잡음은 제거하고 지극히 절제된 부분만을 남기게 되는데 그것을 다듬어 최고의 소리로 찾아내는 것은 많은 경험과 고도의 기술을 터득한 악기를 만드는 명장의 몫이다.
　평범한 일상 속에서 우리를 끌어당기는, 보이거나 보이지 않는 모든 것들의 힘, 행복의 기호를 판독하는 영험한 영감들, 단편적인 기억으로 만족할 수 있다면, 그것은 비록 자연에서 시작되었지만 결국은 인간에게로 돌아와 깊고 울림 있는 소리로 답함으로써 인간 역시 자연의 일부임을 확인할 뿐,
　나는 화강암처럼 단단한 나무에서 흘러나오는 괴성에 가까운

날카로운 소리를 온몸으로 느껴본 적 있다. 그것은 아주 단순한 우리의 피리처럼 생긴 흑단으로 만든 수제 악기였는데 시작부터 끝까지 고음이었다. 처음엔 고막이 찢어질까 귀를 막았는데 차츰 익숙해졌고 나중엔 그 어떤 불순물도 섞이지 않은 천상의 소리(음악)를 그 악기로부터 들을 수 있었다. 소년의 연주를 듣는 동안 내 맘은 설명 불가한 경이로 차올랐고, 그것은 생소하지만 깊은 전율을 맛보게 했다. 그것은 케냐 작은 마을에서 추장의 아들 열다섯 살 소년이 들려준 짧고 강렬한 경험이었다.

나는 단정하게 정돈되거나 지나치게 안정적이고 규칙적인 것에 매력을 느끼지 못하는 편이다. 그리고 지속적인 힘은 부족하지만 불규칙한 자유로움은 낯선 것을 거부하거나 두려워하지 않는 용기, 이를테면 이질감은 낯섦뿐 아니라 끊임없이 호기심을 유발한다는 점에서 생경한 문화마저도 창의적으로 흡수한다. 그래서 소년이 직접 나무를 다듬고 구멍을 내면서 숨은 소리를 찾아냈다는 그 악기, 생전 처음 보는 모양(작은 피리를 상상하면 됨)과 생전 처음 듣는 소리, 그 작은 악기가 내게 안긴 건 매우 아프리카적인 절대 음감, 그것이었다.

내 서재엔 여행 중 만난 타악기 몇 개가 있다. 그중 호주 대륙을 자동차로 여행할 때 우주의 배꼽이라는 '울루루'에서 그곳 원주민 에보리진aborigine들의 전통 타악기 한 세트(막대기 두 개)를 구입했는데 그 악기명은 두드리면 박수소리가 난다 하여 클랩스틱clap stick이다. 양손에 든 막대기를 두드려 소리를 내는 것에서 시작된 이 스틱은 관악기 연주에 액세서리로 등장하며 누구나 쉽고 자유롭게 익힐 수 있다.

본래 이 악기의 쓰임새는 멀리 있는 부족에게 신호를 보낼 때나 음악에 반주를 넣을 때, 제례의식을 행할 때 썼다고 한다. 반주에 맞춰 막대기를 두드리다 보면 그 소리와 리듬에 매혹당하는 건 시간문제, 예전 우리 어머니들이 방망이로 다듬잇돌 두드리는 소리와 흡사했다.

나는 이 악기가 어떤 나무의 영혼을 빌려 탄생하게 되었는지는 구체적으로 알지 못한다. 다만 이 스틱으로 소리를 낼 때마다 이것이 돌이 아니고 나무라는 사실이 놀랍고 신기할 뿐이다.


그 다음 내가 좋아하는 악기는 페루 잉카의 후예들이 만든 '레인스틱rain stick'이다. 원주민어로 '팔로 데 유비아palo de lluvia'라 부르는 레인스틱은 말 그대로 빗소리가 나는 원통 모양의 막대 악기다. 이것은 안데스 사막 지역에 가뭄으로 말라죽은 선인장나무를 채취해 속을 파낸 그 자리에 나사 모양으로 선인장의 긴 가

시를 돌려가면서 박고, 곡식(콩이나 조)을 넣고 양쪽을 막은 후 위아래를 기울이면 낱알이 선인장 가시를 치면서 떨어지는 소리가 빗소리와 같다 하여 레인스틱이다.

사막 지역에 가뭄이 계속되면 비를 기원하며 기우제를 지낼 때 비의 신과 소통하기 위한 것으로 제사장이 쓰던 도구였으며 비를 부르는 주술적 의미를 지닌 도구가 악기로 발전한 경우다. 레인스틱은 수직보다는 15~25도 정도 기울였을 때 가장 아름다운 소리를 낸다. 이 원통 악기 외부는 커다란 콘도르 그림이 그려져 있는데 인디오들의 정서가 그대로 묻어나는 악기다.

원주민들의 타악기 '클랩스틱'의 재질이 돌처럼 단단한 나무라면 레인스틱은 마른 선인장나무로 만들어 재질이 부드러운 느낌을 준다. 이 두 악기는 어려운 환경에서 오랫동안 추위와 더위를 견디며 성목으로 자란 후 악기로 재탄생하였으며 나 같은 여행자로부터 선택을 받고 먼 나라까지 와 서재를 지키는 건 어떤 운명이 작용한 걸까.

# 가을이라 슬픈가
## 슬퍼서 가을인가

창을 열고 어둠의 농도와 바람으로 오늘 일기를 점치는 시간이다. 어둠 속에서 빛을 발하던 가로등이 어느 순간 감쪽같이 사라지는 걸 보면서 오늘은 지독한 안개로부터 시작되는구나, 아니면 비가 오겠구나, 햇살이 좋겠는데, 하는 나름의 기운으로 하루 날씨를 예상한다. 날이 밝은 대로 오늘은 칼산의 솔숲을 염두에 두었으나 계획은 길을 열어주지 않는 안개로 2시간쯤 지체되었다. 이 고원에 정주하는 자는 안개에 순응하고 법부터 알아야 한다는 말을 복종할 수밖에 없다.

집을 나서자 싸한 공기가 뺨을 타고 흐른다. 안개는 여전히 산 허리에 흰 완장을 풀지 못하고 있다. 차가운 만큼 공기는 더할 나위 없이 맑아 마치 당도가 높은 사과를 한 입 깨어 물 때 입안 에서 분사하는 과즙처럼 상큼하다. 숨어있던 빛들이 나무 사이 로 하나 둘 금침을 꽂기 시작한다. 거북이걸음으로 걸어도 오르 막에선 숨이 하늘에 닿는다. 별생각 없이 바닥에 누운 나무둥치 에 앉아 호흡을 고르고 일어서려는데 나무가 살을 버리고 휑한 짐승의 모습을 한 채 꼼짝 않고 엎드려 있다. 그러니까 나는 죽 은 나무를 타고 앉아 좋은 공기를 마시며 휴식을 누렸던 것이다. 이럴 수 있는 것이 인간이겠지. 알고 저지른 죄도 그러하나 모르 고 저지른 죄는 얼마나 많을까.

가을장마와 태풍이 다녀간 뒤 숲으로 들던 날도 이와 비슷한 일이 있었다. 내가 자주 걷는 계곡, 조그만 샘터 물가에 오래전 부터 보아온 아름드리 참나무가 속은 썩어 텅 비었고 가지 끝에 초록 잎 몇 개 달고, 마치 임종을 기다리는 수사처럼 몸통이 뒤 틀린 나무가 바람에 꺾여 바닥에 고꾸라져 있있다. 평소 그 나무 를 볼 때마다 '당신, 그 몸으로 살아내느라 힘들었죠. 혹 누구를 탓하느라 삶이 꼬인 건 아니죠. 그래요 그 맘 알 것 같아요' 하면 서 쓰담쓰담해 주었는데, 지난 태풍으로 허리가 반 토막으로 부러진 모습이 아가리 큰 생선 아귀를 닮은 듯했다.

눈에 보이는 것이 다는 아닐 거다. 오늘 본 나무가 빈사 상태인 짐승 같았다면 어제 본 참나무는 대양을 종횡무진 헤엄치는 영락없는 아귀다. 나는 이 두 나무의 전생과 후생을 생각해 보았다. 공교롭게도 이번 달 받은 부고와 어젯밤엔 예전 문학활동을 같이 하던 후배가 세상을 버렸다는 소식에 마음 착잡하여 숲에서 그를 위한 기도로 시간을 보내리라 맘먹고 집을 나섰는데, 설마 나의 후배가 다음 생에 물고기나 산짐승으로 태어나는 건 아니겠지.

나는 듬직한 소나무들이 춤을 추는 듯한 신성한 숲을 걸으며 나의 신께 부탁드렸다. 부디 그들의 영혼이 안식을 누릴 수 있게 해달라고, 그리고 마른 낙엽을 모아 하늘로 흩뿌리며 "다들 잘 가요. 내 친구도, 물고기 참나무도, 산돼지 잎갈나무도 모두 모두 길 잃지 말고 잘 가요~"라고.

어찌하여 슬픈 일들은 이렇게 동시다발로 밀려드는가. 살면서 맛본 행복의 근원은 모두 슬픔이 발화점은 아니었을까. 공기와 빛이 아니면 바람의 뒷모습이 슬픔인가. 슬픔을 위로할 수 있는 도구는 뼈도 살도 없는 눈물뿐인가. 겨울에 도착하지 않아도 알 듯하다. 자연의 온도와 동일해진다는 죽음은 언제나 너무 가까이 우리 곁에 상주하고 있다는걸. 내가 깊어가는 가을 속에 앉아 참을 수 없는 통증처럼 너를 생각했다는 것을 이 숲의 나무들은 알고 있을 것이다. 하루의 빛이 소멸하면 하루의 어둠이 곁으로 다가와 등을 기대지만 나는 짐짓 내 슬픔을 들키지 않으려고 모른 척하면서도 수시로 휘청거린다. 자연에는 옳고 그름을 재는 자는 없을 테고, 좋고 나쁨을 재는 저울도 없을 것이므로 자연이란 말 그대로 스스로 그러하고 스스로 공평하다는 말이겠다.

지금 나를 괴롭히는 생각들, 지금 내 가방에 들어있는 잡동사니들, 지금 곁에 있는 사람, 조금 전까지 읽다가 접어둔 책, 그 책에 그으진 밑줄들, 지금 먹고 있는 음식, 지금 당장 보고픈 그 사람과 자주 가는 장소와 쓰고 있는 글이 나를 말해준다는 건 틀림없는 사실이다. 이걸 인정하지 않으면 그 어떤 사실이나 진실도 왜곡되기 쉽다. 결국 내가 나를 인정하는 것은 거짓 없는 현재를 보여주는 것 말고 무엇이 있을까. 산을 오른 것도 나요. 그 산을 내려온 것도 나다. 저 독야청청한 나무처럼 부끄러움 없는 삶을 살다 가야지.

나무에게 키 순위를 정하자면 세쿼이아 나무가 단연 1위일 것이다. 중생대 쥐라기에 번성했던 지구상에서 제일 키가 크게 자라는 세쿼이아(삼나무, 일명 레드우드, 미국 서부 국립공원 같은 곳에 가면 쉽게 볼 수 있다)는 아무리 오래 살아도 아무리 키가 커도 약속이라도 한 듯 모두가 120m 정도란다. 그 이상 자라게 되면 중력이 물관을 통해 올라가는 물 분자의 응집력보다 커져서 그 위의 잎들은 탈수 현상을 겪게 되고 그럴 경우 비실비실 앓다가 말라죽게 되는데, 결론은 물리법칙이 나무의 높이(키)를 결정하는 셈이다.

전나무나 잣나무도 그렇지만 얼핏 보면 침엽수 중 가문비나무와 가장 유사한 나무를 들라면 우리가 쉽게 접할 수 있는 잎갈나무(일명 낙엽송)다. 미끈하게 큰 키, 목피에 새겨진 무늬. 그러나 자세히 보면 잎갈나무 줄기는 가지가 수평으로 퍼지거나 밑으로 처지며, 키는 약 30~40m, 지름은 1m까지 자란다. 수피는 회갈색으로 불규칙하게 벗겨지고 잎은 모여서 나며, 꽃은 4-5월에 피고 열매는 9월에 익는다. 수꽃은 긴 타원형, 암꽃은 넓은 난형으로 황갈색이다.

이 나무의 특징은 침엽수 중 가을이 되면 유일하게 선홍색(금빛) 단풍이 들고 늦가을엔 잎을 모두 떨구고 겨울에 휴직기를 가졌다가 봄이 되면 일제히 새잎이 돋아난다. 잎갈나무는 비교적 서늘한 지역에서 자생하며 재질이 단단해 각종 건축재, 펄프 등으로 활용된다. 120m까지 자라는 세쿼이아나 50~60m까지 자란다는 가문비나무와 비교하면 키는 좀 작지만 막상 잘 가꾼 잎갈나무숲으로 들어가 보면 숲이 주는 청량감이나 통일감에 반하지 않을 수 없다. 모든 활엽수들이 잎을 떨어트리고 난 만추의 풍경에 방점을 찍는 나무가 바로 잎갈나무다.

지난여름 계곡의 무너진 목재 다리가 철거되고 새로운 브리지가 생겼다. 습지 위엔 덱을 깔아 한결 정갈해진 길이 우리를 반겼다. 오늘 우리가 가고자 하는 덱 쉼터는 습지인데, 여름 동안 화사한 금꿩의다리가 무리 지어 피어나는 곳으로 우리는 그 장소를 진정 아끼고 사랑해왔다. 숲 가장자리에 간이 의자를 펴고 나란히 앉아 조용히 숲을 둘러본다. 아직 단풍은 시작도 하지 않았으나 햇살은 가을을 실어 오고 바람이 불 때마다 성미 급한 잎갈나무 낙엽이 우수수 머리와 어깨 위로 금침을 내리꽂는다. 내 입에선 '아니 벌써?'하는 탄성이 흐르고, 잎갈나무 잎이 손등과 뺨에 내려앉을 때의 기분 좋은 간지러움이란.

바람이 우리가 머무는 곳으로 달려오자 곁을 지키는 나무들은 일제히 가지를 흔들어 바람의 도착을 알려준다. 눈으로 귀로 와서 박히는 가랑비 소리보다 더 잔잔한 잎갈나무 잎 지는 소리.

곁에 있던 그가 내 옆구리를 쿡 찌른다. 대화 중이었다는 걸 내가 잊고 있었던 모양이다. 끊어졌던 대화가 이어지고 나는 숲이 주는 금빛 환상에 취해 빛 좋은 가을 하루를 보냈다. 눈을 뜨나 감으나 낙엽은 여전히 내 뺨을 간지럽힌다.

자작자작',
자작자작
자작나무 같은 아이들

1.

어렵게 '첫딸'을 얻고 난 후 첫눈, 첫사랑, 첫봄, 첫가을, 첫 만남…. 세상에 존재하는 '첫'이 들어간 모든 단어를 애정 하기 시작했다.

아이가 태어나자 봄을 기다렸다가 마당에 채송화 봉숭아 분꽃 꽃씨를 뿌렸다.

딸이 응애응애 아가일 때 나는 바닥에 납작 엎드려 아가 귓불에 바람을 불어넣으며 내가 좋아하는 자장가와 '사랑해'라는 고백을 수없이 들려주었고, 그럴 때마다 아기는 꼬물꼬물 방언 같은 옹알이로 내 고백에 화답했다.

아기가 나를 엄마라고 불러주었을 때 나는 텃밭에 상추 쑥갓 쪽파와 고추를 심었다. 골목에서 아이가 엄마를 부르는 소리가 들리면 가장 먼저 돌아보는 사람도 나였다. 첫딸로부터 '엄마!'를 부르는 호칭에 간지러운 행복감을 느낄 때쯤 봄풀 같은 둘째 딸이 태어났다. 첫딸이 유치원엘 가고 친구가 생길 즈음 상추잎 같은 레이스 달린 예쁜 꽃무늬 원피스와 분홍 수제 구두를 수배하기 시작했고 담장 아랜 붉은 덩굴장미를 심었다.

아이가 이름표를 왼쪽 가슴에 달고 초등학교에 입학을 했고, 생일날 반 친구들을 집으로 초대했을 때 우리 집 마당엔 대추가 주렁주렁 열렸고, 아이의 방에는 빨주노초파남보 풍선이 우주선처럼 둥둥 떠다녔다. 4년 터울을 가진 둘째는 하나뿐인 제 언니를 이기고 싶어 했다. 배려심 많은 큰딸은 동생을 위해 태어난 언니 같았다.

두 딸이 다투어 소녀가 되고 성년이 되어 대학에 들어갔을 때 우리 집 목련은 이층 발코니까지 키가 자라, 봄이면 순백의 목련 꽃이 두 딸의 이층 방 창문을 기웃거리며 비밀대화를 내게 밀고 했다. 아이들이 성년이 되어 세상으로 나갈 무렵엔 살구나무가 대문 지붕을 넘어 골목을 기웃거렸다. 아마도 장미꽃과 살구나무와 목련꽃은 집과 세상을 이어주는 가교가 되었을 것이다.

나는 아이들이 맘껏 뛰놀 수 있는 마당 큰 집을 꿈꾸기 시작했지만 곧 그럴 필요를 느끼지 못했다. 집을 나간 아이들은 저마다의 이유로 오래 돌아오지 않았다. 이제 더 이상 좁은 울타리 안에 아이들이 보지 않는 나무를 가두어 심지 않는 대신 넓은 들판으로 나가 자연이 키운 나무에 관심을 갖기 시작했다.

때가 되자 아이들은 대학과 직장이라는 합법적인 이유를 대며 가출이 아닌 출가를 준비했다. 갈비뼈가 빠져나간 듯 허전했지만 나는 마당이 큰 집 대신 봄이 되면 뻐꾸기가 울고 앞산 뒷산에서 계절을 읽을 수 있는 작은 오두막을 선택했다.


2.

이젠 방학 때마다 달려오는 아이들을 기다리며 계절을 따라 야생화와 새들이 마중하는 저 고원의 언덕길을 달려 그리운 할머니를 찾아오는 동화 같은 이야기를 현실로 만들고 있다. 아이들이 이 좁은 오두막으로 집합하면 낮엔 계곡에서 개똥벌레와 무당벌레를 찾거나 가재를 잡고, 밤이 되면 스케치북에 낮에 본 꽃과 나무와 가재가 사는 관찰기록을 일기에 담으며 숲을 가꾸고 그 숲에서 뛰노는 한가로운 시골 풍경을 그려 내 맘을 흡족하게 한다. 어느새 아이들이 자라 또 아이를 낳고 엄마가 좋아하는 자작나무의 꽃말이 '당신을 기다립니다'라는 것까지도 알고 있다. 아이들과 보내는 동안은 자작나무 사스래나무 종려나무, 물 푸레나무, 가문비나무… 이렇게 시적이고 아름다운 이름을 가진 나무들을 가까운 곳에서 맘껏 누릴 수 있다는 걸 알려준 놀이 시간이다.

지난해는 아이(손자)와 내가 눈여겨보는 나무가 자라는 속도가 일치한다는 것(착각이겠지만)을 알았다. 아이들은 내가 자작나무를 공부하면 저들도 자작나무에 대해 호기심을 보였고, 내가 가문비나무를 알려주면 아이들도 가문비나무를 궁금해했다. 그러니까 이젠 누가 먼저랄 것도 없이 자작나무는 할머니가 가장 좋아하는 나무라는 것도 익히 아는 모양이다.

3.

사람들은 궁금해한다. 왜 나무를 좋아하는지. 어떤 대상을 좋아하는데 구구절절 이유가 필요할까. 그러나 굳이 알고 싶다면, 나무는 바보성자 같아서 내가 어떤 짓을 해도 함부로 시시비비를 가리거나 지적질하지 않으며 딱히 가르치려 들지 않고 자기 삶에 충실할 뿐만 아니라 타인의 하소연까지도 묵묵히 받아준다는 것.

돌아보니 아이들이 자랄 때 마당에 심은 채송화, 봉숭아, 분꽃, 샐비어, 해바라기, 살구나무, 목련은 내가 흙을 통해 줄 수 있는 가장 좋은 선물이었다. 아이들은 가족을 사랑하는 것은 물론 서로를 배려하고 엄마의 작은 꽃밭에 꽃이 시들면 시키지 않아도 물을 주니, 살면서 이웃과 친구들은 물론 이 아름다운 지구와 자연을 어떻게 사랑하지 않을 수 있겠는가.

오늘도 평소처럼 숲에서 양광을 즐겼다. 나를 행복으로 몸서리치게 하는 가을볕, 붉은 단풍나무 아래 눈을 감고 앉아 그대로 열반에 들고플 만큼 볕이 좋았다. 오전 한나절이 순간처럼 흘러가고 나는 천천히 그러나 조용히 자작나무 숲을 빠져나왔다. 이 숲에 겨울이 오면 눈싸움하는 우리 아이들 웃음소리가 눈덩이처럼 굴러다닐 것이다. 예나 지금이나 나의 바람은 같다.

"불편을 문제 삼지 않고 서두르지 않으며 단순한 삶을 실천하는 것."

4.

규모는 작지만 집 가까이 있는 나의 단골 자작나무 숲은 서너 곳, 틈나는 대로 가서 바람 소리 새 소릴 듣고 일몰을 마중하며 쉬었다 오는데 계절이 계절이니만큼 한여름엔 웃자란 풀 때문에 숲 안으로 선뜻 발을 들이기가 두렵다. 자작나무 숲은 바라보는 것만으로도 충분히 사랑스럽지만, 봄 가을 겨울 그리도 살가웠던 숲인데 풀이 성인 키만큼 자란 요즘은 일정한 거리를 두고 지나가거나 넌지시 바라보는 것으로 만족하고 있다. 아무리 좋아하는 대상이라도 역시 속(바닥)을 보이지 않는 상대는 경계하게 된다. 하지만 새롭게 알게 된 사실은 적당한 거리감이 주는 신비감이다. 저녁 붉은 노을이 가득 걸린 자작나무 숲을 보고 있노라면, 어떤 관계든 지속하려면 일정한 거리(간격)를 유지하는 건 필수라던 친구의 말을 곱씹게 된다.

5.

자작나무가 있는 새벽 7시 풍경. 입술에서 폭죽처럼 터지던 찬탄이 끝나고, 감탄사와 형용사와 부사까지도 모두 바닥을 보인 후, 조용히 눈앞의 것을 바라보는 것만으로도 가슴이 차오를 때가 있다. 밤새 자작나무 마른 가지에 달아놓은 물방울은 누구의 작품일까. 방금 산허리를 감고 달아나는 안개를 의심해 본다. 아직 잎을 밀어올리지 못한 자작나무 가지들이 갓 잡아 올린 멸치처럼 은빛으로 푸들거린다.

어제는 자작나무가 있는 동네 눈길 산책로를 걸었다. 전국이 꽃소식으로 분분한데 이곳은 북향이거나 그늘진 곳은 달포 전 내린 눈이 그대로다. 저잣거리에서 2주를 보내고 그가 있는 대관령으로 돌아온 나를 마치 한겨울의 원시림 같은 자작나무 숲의 밝은 햇살과 맑은 공기가 환영해 주었다. 우리들만의 재회 의식은 숲으로 가는 것이었고, 그것은 마치 수 세기 전 이곳에 살았던 원주민들의 삶을 닮았다는 생각이 들었다. 그때 그들처럼 사냥은 하지 않았지만 눈길을 걷는 동안 밀린 이야기를 나누며 한가로운 오후를 보냈다. 눈밭에 자리를 하고 앉아 빈 숲 바라보던 그때, 어휴 깜짝이야, 와르르~~ 머리 위로 쏟아지는 눈 알갱이들, 까르르~~ 까르르~~ 할아버지 할머니가 된 우리에게 눈은 마술을 걸어 나이를 잊게 했다. 과거 무엇이 되지 못해 조바심하던 시절이 있었다면 이제는 손에 든 펜 하나도 버거울 때가 있다. 나이와 상관없이 여전히 현실과 이상을 넘나드는 참으로 대책 없는 우리.

숲처럼 행복하고 싶다면

가슴과 영혼이 원하는 것이면 무조건 복종할 것, 하고 싶은 일이 대중에게 정당성을 획득하지 못하더라도 하지 않으면 안 될 것 같은 일이 바로 그 일이라면 주저하지 말 것, 거짓을 말하는 법이 없는 숲은 누구에게나 공평하지만 기대 이상의 관대는 없다. 바깥을 넓힐 때 안쪽은 충분히 팠는지 확인할 것, 상처 많은 꽃을 선택하는 것은 매우 현명한 처사다. 늘 조금은 손해 볼 각오와 희생을 준비물로 챙길 것, 상처를 경험하지 않는 사람을 경계할 것, 긍정적인 사람은 우유부단할 확률이 높지만 부정적인 사람은 패배할 확률이 높다. 책임감과 이기적 사고는 차원이 다른 이야기다. 자신에게 상처가 있다면 굳이 드러낼 필요는 없겠으나 감출 필요는 더욱 없다. 설득하지 말고 설득 당하지 말 것, 세상에 행복한 사람이 하나면 불행한 사람은 아홉이다. 그 하나의 단단한 행복이 허술한 아홉을 굴러가게 한다는 것을 믿을 것, 가치 있는 명언이나 절대가 되는 말을 매일 매 순간 곱씹으며 스스로에게 대뇌일 것, 나는 절대 불행할 리가 없고 오로지 행복하기 위해 세상에 온 사람이란걸. 가끔은 배가 터지도록 맛있는 음식을 먹어보고 항목별로 자신에게 맞는 만복감을 경험해둘 것, 자연은 일등을 두둔하지 않으며 꼴찌를 비난하지도 않는다. 살다 보면 그 단순한 경험이 무기로 작용할 때가 있다. 타이밍의 승부사가 될 것, 가끔은 세상이 흔들리도록 술에 취해도 보고 일요일은 게으름을 즐기고 월요일은 단정할 것, 출근길은 좋아하는 음악을 들으며 세상에서 가장 행복한 사람이 되어 타인의 부러움을 살 것, 내가 행복한 사람이 아닐 때도 나는 이미 그 행복에 도달한 사람처럼 밝고 과도한 자신감을 가질 것. 더 이상 바랄 것이 없는 사람처럼 사랑할 것, 성공이란 이른 아침 시든 화분에 물을 주었을 때 잉크 빛 나팔꽃이 하나 둘 살아나 땡땡땡! 맑은 종을 처줄 때의 환희를 경험하는 것, 천년의 고독을 견딜 수 있는 사람이면 만년의 고독도 두려워할 까닭이 없겠다.

　　진정 숲을 즐길 줄 아는 사람은 숲에 들어가 숲을 잊는 사람이

듯 자신을 극복하고 이기는 사람이 있다면 그는 세상을 이긴 사
람이다.

여행, 여자에게서 여자에게로

"출발"

톡이 울렸다. 드디어 그녀가 오나 보다. 울산에서 대관령까지, 먼 길을 달려오면서 중간에 전화 한 통 없이 우리 집 현관에서 벨을 누르는 그녀. 보통 친구였으면 뭐 필요한 거 있는지, 지금은 어디를 지나 어느 휴게소라거나 혹은 몇 분 후 도착 예정 사인 정도는 줄 법도 한데 그런 과정은 생략. 며칠 전 약속대로 그날이 오면 간밤에 부부 싸움이라도 하고 홧김에 집 나온 여자처럼 입던 옷 그대로 옆 동네 친구에게 하소연하러 가는 아줌마 콘셉트로 나타나 씨익 웃는다. 여행 고수는 이런가. 오면서 갑자기

날이 좋아 졸다가 중앙 가드레일을 살짝 박았는데 차도 자신도 아무렇지 않다는 말을 남의 일처럼 흘린다. 이 대책 없이 자유로운 영혼을 우짤꼬, 하마터면 큰 사고로 이어질 뻔했음에도 그 정도는 외려 소소하다는 듯 웃음이 시크하다.

그렇다면 나는 그녀보다 자상한가, 그도 아니다. 그녀가 우리 집에 오면 며칠을 머물든 오는 날 뒷방에 자리를 깔면 가는 날 자리를 접는다. 내가 그녀를 위해 할 수 있는 일은 무얼 하거나 아무것도 하지 않을 자유를 제공하는 것이다. 수시로 숲을 드나들고 밥때가 되면 알아서 냉장고를 열고 청소를 하고 설거지를 한다. 소파에 길게 눕거나 바닥에 엎드려 그간 밀린 이야기들을 두서없이 하다 감정이 복받치면 눈물을 찔끔대기도 하는 우리다. 일상적 공간을 벗어나면 회귀가 불가능에 가까운 아주 먼 행성에 던져진 듯한 비현실감.


내가 그녀 나이 땐 철저히 아날로그적 삶을 살았고 외출 가방엔 책과 메모 노트가 가방 무게의 팔 할은 차지했던 것 같다. 이동하는 차 안에선 틈틈이 책을 읽었고 책이 안내하는 나라, 바다, 도시, 국경 마을의 생소한 지명들을 메모해나갔다. 그것은 여행이 자유롭지 못한 시절 몽상가만이 가질 수 있는 특별한 세계여행 지도가 되었다. 노트에 빼곡히 적어놓은 낯선 지명들은 주술과 같아 한동안 그 지명을 신열처럼 앓다가 시간이 흐른 후 현재 내가 서 있는 곳이 그때 그곳이라는 걸 자각했을 때 느꼈던 생소한 흥분과 기분 좋은 소스라침, 그녀에게 여행은 어떤 의미일까. 그녀 집에서 우리 집으로의 이동, 여자에게서 여자에게로의 전환, 이 여행은 보다 정직하게 서로의 치부를 볼 수 있는 우리들만의 외출이 된다.

온갖 조롱과 야유를 즐기기라도 하듯 여전히 불륜의 타이틀을 벗지 못하고 미모의 여배우와 살고 있는 영화감독 모 씨의 젊은 날 꿈이 '글 쓰는 여자와 사랑에 빠져보는 것'이라 했다지. 글 쓰는 여자(그것도 짝이 있는) 둘이 만나 몇 날 며칠 산골 오두막에서 놀고먹고 자고 했을 때 어떤 일이 생길지 상상하는 남자들은 몇이나 될까. 그런 남자가 있기는 한 걸까.

나의 일상 중 가장 중요한 일은 숲으로 드는 일이다. 그러니까 대관령에 온다는 건 숲을 보고 숲을 걷겠다는 것이기에 틈틈이 나의 숲으로 안내하는 일 말고는 딱히 할 수 있는 일이 없다. 하여 눈만 뜨면 우리는 숲을 걸었다. 숲이 우람하고 깊을수록 우리들의 대화는 줄어들고 몸짓은 바람에 가깝다. 마치 요정이라도 된 듯 옷자락을 나풀거리며 그녀가 앞서 걸어가면 나는 그녀의 자유로운 몸짓을 카메라로 기록하면서 자연다큐를 와이드 화면으로 보듯 조용히 그녀를 뒤따르는 일은 그녀는 모르는 나만의 즐거움이다.

그녀가 대관령에 온 날은 우리가 SNS로 친구의 연을 맺은지 10년이 되는 날이었다. 그때 어떤 대화를 했고 무엇으로 공감했다는 걸 들려주었을 때 벌써 시간이 이렇게~ 하면서 뭉클해 했다. 그날 뭔가를 눈치챈 듯 강릉의 그녀도 케이크를 들고 짠~하니 등장해 주었고, 그리고 카메오로 출연해 준 고마운 세 남정네들과 동이.

살다 지치고 우울할 때, 누군가에게 잠시 맘 내려놓고 싶을 때, 이 산골이 아무리 멀어도 바람처럼 다시 올 것이다. 10년 우정도 찰나였으니 2박 3일은 또 얼마나 짧았겠는가. 그녀가 내게로 여행을 온 건지 아니면 내가 사는 곳으로 여행을 다녀간 건지 그게 무슨 중요한 이유가 될까. 내가 그리운 그대의 여행지가 되어주는 것.


그녀가 우리 집으로 여행을 왔다.
이 여행의 이름은 여자에게서 여자에게로.

우
리
가
사
는
법

곧 어둠이 덮칠 기센데 여전히 눈은 멈추지 않고 있다. 저 밭
가운데 누가 무엇을 던져놓고 갔을까. 빨간 옷 입은 작은 인형
하나가 눈밭에서 혼자 꼬물꼬물 기어다니고 있다. 분명 인형 같
은데 움직이는 인형이라니, 폭설로 시야가 흐려 뭘 잘못 봤겠지
하며 다시 보니 작은 인형이 계속 꼼지락거린다. 오라, 옆집 강
아지에게 빨간 옷을 입혔나 본데 눈이 온다고 좋아서 밭 가운데
저러고 있는 거겠지 했다. 얼마 후 저만치 떨어져 있던 아이 엄
마가 달려와 가지 않겠다고 뒹굴며 떼쓰는 아이를 안고 시야에
서 사라져 버렸다. 아이가 사라진 후에야 생각이 났다. 저 아이

에게 창고에 있는 빨간 눈썰매 하나를 꺼내 주었으면 좋았을 걸 하는 생각,

친구는 내게서 인디언 피가 흐르는 것 같다며 '인디언 언니(언냐)'라 부르고, 그이는 군밤장수를 연상하게 하는 내 털모자를 보던 날부터 나는 인디언 군밤장수가 되었다. 그런 그이를 나는 인디언 엉클이라 부른다. 그냥 어쩌다 보니 이런 재미난 별명을 갖게 되었다. 폭설이 멈춘 지 열흘쯤 지났으나 같은 적설량을 유지하는 비결은 온도다. 그러나 베란다에 걸어둔 온도계의 눈금은 -25.2도, 체감온도 -34.3도, 추위가 정점을 찍는 모양이다. 그렇다고 이 온도에 기죽을 우리는 아니다. 어제도 숲 놀이터에서 아이처럼 놀았으니 당연히 오늘도 그럴 수 있다. 기분이 살짝 업된 채 눈썰매 하나에 짐을 모아 싣고 일용할 양식을 위해 우리들만의 놀이를 위해 집을 나섰다.

우리는 세상일에 별 관심이 없는 대신 최소의 삶에 만족할 줄 아는 아주 특별하고 체화된 DNA를 가진 듯하다. 세상에 그런 사람도 있나 할지 모르지만 이것은 사실이다. 공직생활 38년을 마감하고 자발적 출가로 자연으로 돌아온 그는 나보다 더 자유로운 영혼이고 자연인의 피를 가진 듯하다. 물질에 끌려다니는

삶이란 늘어나는 욕구만큼 커지는 마음의 빈곤을 채울 수 있는 비책이 전무후무하다는 사실을 그는 일찍이 알아버린 듯하다. 그러나 한 가지 특별한 무기가 있다면 늙어도 늙지 않는 마음일 터. 스키에 대해 일찍 전문가 반열에 오른 그는 자연설이 많을 땐 굳이 스키장을 찾지 않는다. 조용한 산으로 들어가 허리까지 차오르는 자연설에서 산악스키, 파우다 스키, 크로스컨트리 스키를 즐긴다. 혼자 그렇게 즐기는 걸 보노라면 그는 영락없는 자유인이고 자연인이다.

평소 잘 하지 않던 일인데 하필이면 어제에 이어 올해 가장 춥다는 날 창고에서 눈썰매를 꺼내다니. 산의 들머리에 차를 세우고 밖으로 나오자 강풍이 회초리를 휘두른다. 서둘러 장비를 챙겨 산으로 들자 비로소 잦아드는 바람. 눈이 무릎 이상 차오르는 길을 걷는 건 많은 에너지를 요구하고 그만큼 힘이 든다. 그에 굴하지 않고 우리는 우리들만의 쉼터로 한발 한발 걸어 올라갔다. 그곳이라면 큰 산에 가려 바람이 잦아들 거라는 걸 알기에, 추위 때문일까 늘 딱딱거리며 환영사를 읊어주던 딱따구리도 하늘다람쥐와 까치와 까마귀도 둥지를 비우고 없다.

두 사람의 짐을 썰매에 싣고 앞장서 오르는 그는 영락없는 인디언 헌트다. 그의 뒤를 묵묵히 따라가는 나 또한 인디언 언니,

아니 인디언 헌트의 아내쯤 되려나. 오르막을 올라서 평평한 잎 갈나무숲이 기다리는 그곳이 우리가 즐겨 찾는 1차 쉼터다. 그는 얼마 후면 손자들이 눈썰매를 타러 올 것에 대비 현장 답사 겸 리허설을 해둬야 한다며 오늘은 스키가 아닌 눈썰매를 가지고 나왔다고 어린애처럼 변명 아닌 변명을 한다.

인적 없는 산속에서 그는 트래킹로를 따라 휴대용 장비로 길을 다진 후 눈썰매를 안전하게 타는 시범을 보이고는 한사코 내게 썰매를 권한다. 나는 마지못한 듯 그가 권하는 썰매를 타기에 이르렀고 그것을 타는 순간 우리들 마음속에 숨어있던 7살 그 아이들을 불러내고 만 것이다. 그래 그간 뭘 하느라 이토록 신나는 놀이를 잊고 살았을까. 지금 내 앞에 있는 이 사람은 누굴까. 그는 젊은 시절, 없는 시간을 쪼개 나와 아이들에게 스키를 가르쳐 주던 그때 그 남자가 아닌가.

무뚝뚝하고 멋없다 투정하기에 바빴던, 가족을 부양하느라 등이 반쯤 휜 그 남자가 긴 시간을 돌아 이제 나이 든 아내에게 자연 속에서 썰매를 안전하게 타는 방법을 설명하며 자기만 믿으라는 사람. 내가 경사면에서 즐거운 비명으로 속도를 낼 때 여전히 온몸을 던져 과속을 제지해 주는 사람. 위태롭다 싶으면 앞서 걸어주고 안전한 길은 뒤따라오며 나를 지켜주는 사람. 과거 어느 순간에도 오늘처럼 이 나이에 이 사람과 대자연 속에서 세상

사 잊고 바보처럼 깔깔거리는 날이 있을 거란 그림은 없었다. 눈을 너무나 좋아해 이곳에 작은 터를 잡고 이렇게 자연의 일부로 나이 들어간다는 현실이 오히려 비현실 같은 현재.

인디언이란 별명이 행여 인디언에게 누가 되는 일이 아니기를 바라는 마음이다. 인디언들은 백인을 상대로 오랜 전쟁을 치러왔다. 그 전쟁으로 인해 인디언 본래의 정신은 파괴되고 문명에 가려 많은 부분 잘못 전달된 그들의 문화를 사실로 인식하고 있다는 건 안타까운 일이다. 오늘도 우리는 인디언 헌트라는 본업을 잊은 채 사냥은커녕 숲을 즐기다 날이 저물어 빈 썰매를 끌고 집으로 돌아왔지만, 하늘이 주신 가혹한 일기를 탓하지 않고 열악한 식탁을 불평하지 않으며 협소한 잠자리는 물론 주어진 대로 감사히 받고, 세상 모든 사물에 깃든 정령에 몸을 낮춰 절하며 오늘도 무탈하게 감사 기도를 끝으로 잠자리에 드는 일상을 살아내고 있다.

# 혼자만의 시간을 위한 자기 훈련

　신체적인 고통은 분명 괴롭고 힘들지만 우리 인간이 동물과 다른 점은 신체를 위무해 주는 따뜻한 감성과 마음의 위로가 아닐까. 혼자만의 시간을 안정되게 보내는 사람일수록 자기만족은 물론 행복지수가 높고 정신적인 안정을 취하는 것으로 나타났다. 반면 스트레스, 불안, 우울감은 몸과 더불어 정신 건강에 별 도움을 주지 못한다. 일만 하고 놀아보지 못한 사람은 노는 방법을 모르듯 혼자 시간을 보내는 것도 마찬가지다. 분리불안 결정 장애 분노조절장애 등등 현대는 남녀노소가 이런 심리적 불안 장애를 가진 사람들이 많을 뿐 아니라 빠른 속도로 증가하는 추세라고 한다.

어린아이는 부모로부터 분리되는 걸 두려워한다. 그러다 사춘기가 되면 시도 때도 없이 방문을 잠그고 가족들의 시선에서 멀어지고자 한다. 수시로 방문을 잠그는 행위는 비밀이 있다는 것을 선고하는 것이며 동시에 그 비밀이 노출될까 노심초사하는 것이므로, 어른이 보기엔 하찮은 일이라도 사춘기 소년 소녀에겐 특별할 수도 있다. 나의 경우 필요 이상 속옷을 자주 갈아입거나 빨래가 마르면 나는 빨랫줄에서 내 속옷만 걷어다 잘 접어 서랍에 감추느라 바빴다. 가끔 언니는 네가 왜 그러는지를 모를 것 같냐며 묘한 웃음을 날리고는 주방으로 사라졌다. 어른이라도 명절, 연휴, 주말이 무서운 독신자들도 있다. 그런 사람에게 팬데믹 기간은 오히려 거리 두기가 위안이 된 시기였다.

동물의 세계가 그러하듯 고대에는 인간이라는 짐승도 무리에서 떨어지면 패자로 간주했다고 한다. 그러나 현대 생활은 오히려 모두가 혼자만의 시간을 필요로 한다. 나만의 시간은 외톨이의 고통이 아니라 긴장을 풀고 재충전하여 다시 뛰어오르기 위한 도움닫기의 시간이다. 해마다 빌 게이츠는 숲속 오두막에서 적지 않은 시간을 보낸다고 한다. 문명과 소음에서 자신을 구원하고 지금 가고 있는 길이 맞는지, 문명에서 잠시 벗어나 자신을 점검하는 시간을 갖는다고 한다.

혼자만의 시간은 정신건강은 물론 개인의 신체와 정신적 성장에 있어서도 중요하다. 혼자 보내는 시간은 경쟁이 치열한 일상에서 자신을 재충전하는데 필요하며, 그러한 도움은 집중력과 생산성 향상에 방해 요소가 되는 산만함을 제거함으로 더 나은 방식으로 의식의 생산성을 높이는 데 도움이 된다고 한다.

삶에 있어서 혼자 보내는 시간은 창의성과 집중력, 동시에 생산성까지도 끌어올려 목표 달성을 앞당긴 사례는 많다. 만약 내게 혼자 시간을 보내기에 좋은 방법 하나를 추천해 달라고 한다면 나는 여행과 독서를 권장할 것이다. 투자 대비 거기서 획득 가능한 가치는 비교가 불필요할 만큼 절대 가치를 가진다. 무리를 이루면 타인과는 동기화해야 하지만 혼자 시간을 보내면 다른 사람을 의식할 필요가 없으므로 영혼의 자유로움을 만끽할 수 있다는 건 장점이다.

어린아이일수록 혼자 떨어져 있는 시간, 즉 자아가 형성되지 못한 아이들의 두려움은 때로 이상한 부작용으로 나타나기도 하지만, 어릴 때부터 단련해 온 아이들은 사춘기를 시작점으로 스스로 그런 문제를 해결하려는 의지도 함께 자라는 걸 볼 수가 있다. 애정이 깊은 아이들을 독립적인 존재로 키우는 것은 중요하다.

그리움, 날것이여

1.

미쳤다. 미치지 않고 이럴 순 없다. 눈 폭풍은 건너 산 아래 황태덕장을 휩쓸고 앙상한 나목의 뿌리를 모조리 뽑을 듯 기세등등하다. 난 공포를 이겨보겠다고 보일러를 틀어 집안을 온대로 만든다. 한 시간 뒤 실내외 온도 격차는 무려 40도, 거기에 풍속을 더하면 바깥의 체감온도는 상상 초월, 일기예보가 심상치 않아 창유리에 테이핑을 해두었는데 이 바람에 도움이 될까. 실내에 앉아 느끼는 소란은 장정 서넛이 야구방망이로 유리창을 두드리는 정도의 공포를 넘어선다. 창의 흔들림이 고막을 찢는다.

그럴지라도 창밖을 보면 틈틈이 환호가 터지고 짜릿하다. 물론 공포감이 더 크지만, 극악한 공포 속에서도 혈관을 타고 흐르는 야릇한 쾌감. 극한의 공포와 스트레스와 쾌감은 같은 말 다른 의미인가. 이처럼 극과 극을 넘나드는 모순된 심리를 한마디로 규정할 수 있는 단어가 있을까, 있다면 무얼까. 그 와중에도 나는 책상에 앉아 그런 상상을 잠깐 했더랬다.

도로에는 비상등을 켠 대형 제설차가 연이어 움직이고 사슬로 묶어둔 헌 옷 수거함도 종잇장처럼 날아다닌다. 행인은 그림자도 보이지 않는다. 저 혹한을 견뎌야 좋은 황태로 거듭날 수 있다는 대관령 황태. 고랭지에 쌓인 눈들은 회오리바람이 휩쓸고 지날 때마다 거대한 눈 기둥을 만들고 흩어진다. 두 눈으로 똑똑히 보고 있지만 이제 문밖은 범접할 수 없는 세상이 되어버렸다.

밖에서 뭔가 와장창 부서지는 소리가 들리던 그때 거실 창문이 미세하게 움직이는 것이 보였다. 아차, 잠금 고리가 풀리고 있다는 의심이 들었다. 나는 벌렁대는 심장을 누르며 잠금 고리를 확인하고 가는 철사를 찾아 응급조치를 했다. 사태의 심각성을 감지한 몸이 본능적 방어를 했을 것이다. 어쩌면 초능력이 발동한 것일지도 모른다. 나는 재빨리 몸을 던져 불안의 요소를 수습하고 바깥 풍경에 눈을 떼지 못했다. 그렇게 오후가 지나고 어둠과 함께 바람은 잦아드는 듯했다. 나는 전쟁터에서 간신히 살아남은 패잔병처럼 몸에 힘이 빠져 꼼짝할 수가 없었다.

어디서 무엇을 보느냐에 따라 피안과 차안은 달라진다. 하면, 이 엄동에, 유리창 하나를 사이에 두고 주전자엔 찻물이 끓고 반팔 셔츠 차림으로 불안과 쾌감 사이를 서성대는 이 안쪽은 우리가 바라던 안전한 피안인가. 하면, 세상을 통째 휩쓸어 버릴 듯한 창밖 저곳은 정녕 차안인가. 잡다한 생각으로 앉지도 서지도 못하고 집안을 서성대고 있을 때 폰이 울렸다. 친구 K다, 산골 여인네의 소식이 궁금했던 모양이다. 내 목소리에 긴장과 반가움이 묻어있다고 그는 말했다.

오늘 오후 눈앞에서 벌어진 세상 종말을 보는 듯한 정황을 친구에게 전달하고자 했으나 어림없는 일이란 걸 알았다. 서둘러 전화를 끊고 자리에서 일어나 보초병처럼 다시 창가를 서성댄다. 잦아들긴 했으나 바깥세상은 여전히 눈 폭풍. 할 수만 있다면 저 미친 눈 폭풍을 포장해 무료하고 우울해 죽을 것 같다는 K에게 보내주고 싶다. 지난날 혹한 속에서도 그와 함께 했던 마음의 열대를 생각하며 오늘은 일찍 자리에 든다. 자고 일어나면 그분께서 지금의 이 혼란을 감쪽같이 거두어주실 것이다.

2.

그리움을 굳이 어떤 단위(수)로 쪼개어 표현해야 한다면 불가사의의 천 배 만 배도 더 된다는 무량대수가 아닐까. 무량대수無量大數란 무량억겁無量億劫을 포함한 모든 수 가운데 가장 큰 수를 이르는 것으로 분량과 단위를 초월한 그야말로 무한無限 직전의 수로 보면 되겠다. 달리 말해 무량대수는 유한적이고 찰나를 살다가는 인간에겐 있고도 없는 단위일지도 모른다. 무수한 알갱이로 쪼갠 저 바다의 물도 무량대수, 미친 듯 하얗게 달려드는 눈 폭풍도 무량대수, 너와의 하룻밤은 세세토록 끝나지 않을 꿈만 같아서, 곁에 너를 누이 고도 하얗게 너를 지우는 엄동의 눈보라는 범보다 무서웠다. 그것은 금기를 깬 죄가 얼마나 큰지, 지척에 두고도 닿지 못하는 절대 거리였기에, 뼈가 녹아 물로 흐르고 그 물마저 말라 먼지로 산화할 만큼 천공처럼 아득했던 그리움을 누가 어떤 기호로 대신할 수 있을까.

살에 닿았으면,
뼈에 닿았으면,
물컹물컹 사무치는 거 말고
닿을락 말락 그런 거 말고
보다 가까이 다가왔으면,

비로소 마침내 드디어 살을 뚫고
콕콕 뼈를 찔렀으면,
아주 끝장을 보았으면,
말했잖아,
달달하고 말랑말랑한 거 말고,
거친 호흡과 눈을 부릅뜬 야생성
으르렁 이빨을 드러내며
으스러진 나의 관절 마디마디를
빠드득빠드득 씹는
하이에나를 보고 싶은 거지
명사도 동사도 형용사도 아냐
그리움은 날것이며 욕망적인 것
살과 뼈가 닿는 것
닿아 으스러지는 것
가루가 되어 날아가는 것
예배처럼 경건한 거 말고
아름다워서 눈부신 것도 말고
죽을 듯 처절했으나
감쪽같이 무해한,
그리움은 그래야 해

숲의 정령들

숲의 정령들은 악마의 얼굴을 하고 있다지. 겉모습은 악마에 가깝지만 마음은 천사래. 숲을 지켜내려면 힘이 센 것도 중요하지만 헐크처럼 무서운 얼굴을 가져야 한다네. 혹시 혼자 콧노래를 부르며 숲길을 걷다 숲의 정령과 눈을 마주친 적 있는지? 믿지 않아도 상관없지만 나는 매일 보고 매일 만나거든. 험악하게 생긴 악마일수록 절대 나와 내 친구들을 해치지 않는다는 걸 난 오래전부터 알고 있었어. 왜 있잖아, 정말 무섭게 생긴 우리 동네 슈퍼 아저씨는 내가 먹고 싶은 것 앞에서 침을 꼴깍 삼킬 때마다 그것을 주셨거든, 숲의 정령들도 그럴 거야. 다양한 표정과 저 형형한 눈빛을 봐. 아직 숲의 정령을 보지 못했다면 우리 동네 슈퍼 아저씨를 생각하면 돼.

대화란, 목적의식을 갖고 상대와 말을 주고받는 것만은 아니겠지. 자신의 뜻을 관철하려면 상대의 배경과 사고와 의식수준을 파악하는 것도 중요해. 좋은 대화는 상대를 이해하려는 진심 어린 마음으로 끝까지 듣는 자세를 요구하며, 궁극엔 서로의 내면으로 통하는 길 하나를 터를 것으로 시작되지.

이기는 대화보다 듣는 대화 배우는 대화가 중요한 이유래.

눈부신 순간에 집중하자

　벚꽃 앞에서 사진을 찍을 때 피어나는 것과 만개한 것을 동시에 즐기는 방법이 아주 없는 것은 아니다. 다만 무난하게 둘 다 살리거나, 하나를 도드라지게 하려면 아깝더라도 다른 하나를 뭉개는 것인데, 나의 경우 대개는 후자를 택한다. 좋은 봄날 꽃 앞에 서있는 지금의 이 행복이 누군가의 희생 없이 내게 주어졌을 리는 없다. 단순하지만 이것이야말로 진리이되 삶의 참 이치가 아닐까.

　무엇을 해도 뒤로 밀리는 삶의 굴욕이 두려워 떠난 건 아니었어. 하지만 모험의 수위가 높아진 만큼 내 간은 부풀기 시작했고 그것은 예고도 없이 배 밖으로 나오기도 했으나, 곧 제 자리를 찾아가는 기적을 보여주었지.

나 홀로 여행은 극도의 긴장감은 물론 느닷없는 무장해제. 그러므로 경쟁과 비교로부터 해방되며 느림과 멈춤을 몸으로 실천하는 일에 다름 아니었지. 이를테면 적군이 총을 겨눌 때 별 저항 없이 무기를 내려놓고 손을 번쩍 든 항복 같은 거.

슬픔은 내일 생각하면 돼
지금은 양손에 쥔 찬란을 즐길 때
시간을 후회로 엎지르지 말기.

"경험하지 않으면 영원히 안고 가야 할 두려움과 공포를 희망과 자유로 교환 가능한 유일한 티켓이 바로 여행이라고."
이 티켓을 손에 넣으려 할 때 필요한 건 자신만의 용기.

산책·구름 위 배추밭

추석을 앞두고 여름 배추 출하가 시작되었다. 출하 전에 배추는 윤기가 흐르고 검푸른 초록색을 띤다. 서울과 서울 근교 농산물 도매시장으로 밤새 배추를 실어 나르는 대형 트럭이 몹시 분주해 보인다. 초록 들판을 보고 있노라면 배추밭도 무 당근 상추 파밭도 숲의 연장이다. 가지런히 횡과 열을 맞춰 도열해 있는 배추밭을 보고 있노라면 헝클어진 마음도 가지런히 수습되는 듯하다. 흙을 만지면 그 흙이 부여잡고 있는 온갖 살아있는 유기체들의 움직임과 향기가 그대로 느껴지는 듯하다.

수확을 마친 배추밭 위로 트랙터가 지나간다. 상품이 될만한 것들은 선택되고 나머지는 가차 없이 갈아엎는다. 잘 키운 배추가 상품이 되지 못해 흙으로 되돌려보내는 걸 지켜보는 농부의 마음을 헤아리는 일은 안타깝다.

시골에 터를 잡고 산다는 건 초록으로 두뇌와 내장을 물들이는 일이기도 하다. 봄내 산나물로 배를 채웠는데 산나물 시즌이 끝나자 이젠 배추다. 배추를 살짝 데친 후 된장국을 끓이고 무치고 볶을 준비를 하는데 바구니에 건져놓은 배추가 토실토실한 아가 살결처럼 곱다. 이렇게 이쁜 것이 산짐승의 배도 채우고 인간의 배도 채운다. 조금 많이 먹어도 몸에 평지풍파를 일으키는 일은 없다. 간은 해도 그만, 하지 않아도 그만인 슴슴하기로 치자면 무맛이고 물맛인 배추 맛을 따를 만한 채소는 없을 듯,

이곳에선 법 없이도 살 수 있는, 실없이 착하고 맘 좋은 사람을 일러 '싱거운 사람'이라 한다. 배추 요리는 싱거워야 제맛이다. 음식도 사람도 짠 것보다는 차라리 싱거운 게 낫다. 나이가 들었다는 건 슴슴하고 밍밍한 맛을 안다는 말이다. 너무 슴슴해서 입맛을 한가하게 하는 순한 배추전, 어쩌면 강원도 말로 니멋도 내멋도 없는 맛이 내가 아는 배추전 맛이다. 이 슴슴하고 뭔가 모자라고 부족한 듯한 맛이 진짜 배추 맛이라는 걸 안 건 나도 이즘이다. 근래 며칠은 화장실도 잘 가고 때가 되면 졸

립고 내 몸이 갑자기 공손해진 원인을 찾다 보니 그 흔한 배추가 내 몸에 기여한 것이 적잖은 듯. 어떻게 만들어도 배추는 요리가 되지 못하고 흔하디흔한 반찬에 불과할 뿐이라 얕잡아보는 심사에는 오류가 있어 보인다.

친구에게 배추를 보낼 때 배추전이나 해물배추찜, 배추 볶음 같은 요리의 레시피를 메모해 보내는 경우가 있는데 반응이 좋다. 아무 맛도 없는 맛을 보통 무無 맛이라 하는데 배추전 맛이 바로 그 무맛에 속한다. 젊었을 땐 거들떠보지 않던 배추를 자주 먹다 보니 밍밍하고 슴슴한 배추 본래의 식감에 중독되고 말았다.

세상에서 가장 간단한 배추전 레시피.
배추전, 이보다 간단한 방법으로 완성되는 음식이 있을까. 비도 오고 베란다에 뽑아놓은 배추가 그득하니 이럴 때 생각나는 음식이 바로 배추전이다. 연한 중배추에 묽게 푼 밀가루에 소금 한 꼬집 넣고 준비한 생배추를 밀가루 반죽에 적셔 들기름 두른 프라이팬에 약불로 익히면 끝.

# 곡선으로 되돌아갈 순 없을까

　도시에 살다 시골로 돌아오면 꿈꾸던 여행지를 찾아간 첫날처럼, 제일 먼저 가고 싶은 곳이 고랭지 밭둑길을 돌아보는 것이다. 그것은 밭에서 작물이 자라고 있을 때도 좋지만 긴 겨울이 끝나면 농부가 한 해 농사 준비를 위해 트랙터로 밭을 갈아엎는데, 머리에 흰 수건을 쓴 어머니가 새참을이고 걸어서 재를 넘어가는 그런 그림은 이제 사라지고 없지만 트랙터가 지나간 자리는 완벽한 자연미술, 이상향을 넘나드는 화폭으로 손색이 없다.

　어딘지 모르게 북유럽의 기후와 풍광을 닮은 이 고원은 넓은 목초지에 변덕이 심한 날씨로 소문이 자자하다. 이곳 밭들은 대개 평수가 크지만 아직 일반 지역에서처럼 농지정리가 반듯하게 되지 않고 있다. 산의 고저나 모서리 등 자연의 선을 그대로 살리다 보니 직선보다는 다양한 곡선이 많은데 시골살이를 몰랐을 땐 생각지도 못했던 선의 아름다움을 사계절 고랭지 밭으로 원 없이 누리고 있다.

강물이 굽이를 따라 흐르듯 때로는 급하게, 때로는 느리게 휘돌아 가는 곡선은 직선에 비해 게으른 듯하지만 다르게 보면 곡선이 전하는 메시지는 미적 여유가 아닌가 싶다. 단정하게 구역이 정돈된 논밭은 공산품 같아 정이 없다. 각은 물론 횡과 열이 자로 잰 듯 반듯했을 때 규격을 무시한 농지들은 도심의 건축물에서 느끼는 각과 열을 보란 듯 배반하는 아름다움이 바로 시골 농지가 갖는 유려한 곡선이다.

나는 구부러진 길고 유려한 곡선을 단시간에 통과할 수 있는 짧은 직선으로 획일화되는 것을 경계해 왔다. 하루에 몇 분을 단축하는 것이 생산성으로 이어지고 계산된다고 하자, 고속화된 도로나 농지를 보면 후련하기보다 왠지 모르게 우리는 속도에 포로가 된 듯 답답하다. 어떤 삶이 더 인간적인가. 어떻게 사는 것이 타인의 속도에 끌려가지 않고 내가 내 속도를 지키고 유지할 수 있을까. 늦었지만 이제 나는 곡선으로 대변되는 슬로우 라이프에 대해 깊이 고민 중이다.

조금 불편한 길을 걷고 돌아서 가는 것이 실패나 패배를 의미하지 않는다는 걸 아는 사람은 안다. 나 어렸을 때만 해도 세상에 가장 큰 나무는 바람 많은 강둑에 서서 불어오는 바람을 그대로 맞고 서있는 미루나무였다. 자전거에 아이를 태우고 휘파람을 불며 둑길로 귀가하는 젊은 가장의 휘파람 소리는 얼마나 낭만적이었는지.

이른 봄, 파종을 위해 단정하게 갈아놓은 빈 밭을 보는 것이 차오르는 행복이라면 미루나무, 잎갈나무, 가문비나무가 하늘을 향해 쭉 뻗어있는 풍경은 한 편의 서정시였다. 봄이라고 여기저기서 객토를 위해 흙을 실어 나르는 대형 트럭들이 바빠 보인다. 객토는 겨우내 단단하게 굳은 땅에 새 흙을 섞어 땅을 부드럽게 파고 뒤집어 토질을 개량하는 작업으로 지금처럼 한 해 농사가 시작되기 전에 그 작업을 한다. 언제부턴지 이 지역은 밭의 규모가 대형화되면서 대부분의 작업은 기계에 의존하지만 예전엔 모두 수작업으로 했다는 것이 믿기지 않는다.

봄이 오고 여기저기서 퇴비 냄새 농약 냄새가 온 마을을 흘러다니고, 트랙터 소리가 시끄러우면 무슨 구경거리라도 생긴듯 여름날 동네 아이들이 저녁때 연기를 분사하며 좁은 골목을 달려가는 소독차를 따라가듯, 나도 모르게 창가에 서서 눈으로 마음으로 트랙터가 만든 저 엄격한 질서와 자유로운 라인을 따라가며 신기하게 바라보곤 한다. 흙이 아니면 무엇이 저 아름다움을 대신해 주겠는가.

방금 갈아놓은 시골 밭들은 자연미술로 치자면 곡선의 매력을 유감없이 보여주는 대표 작품으로 손색이 없다. 같은 밭, 같은 흙이지만 시간에 따라 빛의 농담에 따라 흙 색깔이 달라지듯, 그날 공기와 대기의 습도에 따라 흙색이 변한다는 걸 알 수 있다. 사진으로 찍어서 보면 필터를 사용하거나 보정을 과다하게 한 것처럼 흙이 붉은색을 띠는 경우가 있는데 그 원인 역시 습도와 햇빛이 아닌가 싶다.

밭을 갈아 자유로운 곡선이 생기면 가까운 시일 안에 트랙터는 저 곡선을 밟고 올라가 이번에는 직선의 예술감을 유감없이 보여준다. 가지런히 그러나 일정한 간격으로 고랑이 만들어지면 비닐을 씌운 후 포트에서 키운 모종이 사람 손으로 땅에 옮겨질 것이다. 모종을 심고 나면 작물의 크기에 따라 주기적으로 농약을 치며 그 과정은 일일이 수작업으로 이루어지는데, 그 수작업의 대부분은 외국인 노동자들이 대신한다

농사가 한창 진행될 때는 이곳이 대한민국 산골인지 베트남이나 미얀마 어디쯤인지 헷갈릴 정도로 젊은 외국인 노동자들을 많이 보게 된다. 그리고 보면 불과 몇십 년 전까지만 해도 소가 비탈밭을 갈거나 사람이 직접 그 일을 했었는데, 그때를 생각하면 지금 우리는 예상을 뛰어넘다 못해 고등관 삶을 살고 있음에도 삶의 질 면에서 행복이나 만족감보다 불안과 불평 지수가 더 높으니 무엇이 문제인가.

나 어렸을 적 미술시간 도화지에다 그린 '외갓집 가는 길'은 언제나 구불구불한 곡선이었다. 직선은 속도감은 있으나 그리움이라는 여유를 사라지게 했다. 집도 길도 나무도 이제 그만 직선을 멈추고 곡선으로 회귀했으면 하는 마음이다.

힐링, 무위, 아주 좋거나 행복하거나, 혹은 아주 싫거나 나쁜 것이 없는, 평온하지만 덤덤하고 자유로운 마음 상태. 맑고 쾌적하여 무엇이든 할 수 있을 것 같은 몸. 깃털처럼 신선하고 가벼운 머리. 경쟁으로 인한 두려움과 속도와 극단적인 것들로부터 경계가 무너지면서 찾아온 느림과 여유. 조금도 소유하지 않고 모두 누릴 수 있는, 소소해 보이지만 이 모두는 숲(자연)이 주는 무제한급 선물이다. 이제 숲은 시골이든 도시든 우리 생활 가까운 곳에서 우리의 건강한 삶을 돕고 있다. 우리의 조상들이 그래 왔듯이 현재 우리도 후손을 위해 좋은 숲을 가꾸고 물려줄 책무를 잊지 말아야겠다.

제 4 장 — 다시 가문비나무를 찾아서

　무주구천동 깊은 골짜기 지나 덕유산 선인봉(1,056m) 아래 위치한 독일가문비나무가 있는 덕유산 휴양림을 찾아가는 길이다. 며칠 남도여행을 마치고 휴양림 매표소를 통과한 시간이 16시 30분. 늦더위로 기온은 높고 날이 흐려서인지 국도에서 휴양림으로 들어가는 길 약 600m는 마치 어둠의 늪으로 드는 관문 같았다. 그러면 또 어떤가. 나는 이미 산의 문을 열었으니 이제 마음으로 큰절 올리고 들어가 산의 품에 안기기만 하면 된다. 매표소 직원의 안내대로 야영장 주차장에다 차를 세우고 걷기 시작한다. 6시까지는 숲을 나와야 한다는 관리자의 안내에 서둘러야겠구나 싶었지만 막상 '국유림 명품 숲 덕유산 독일가문비나무'라는 작은 표지판을 보자 조급해진 마음만큼 걸음이 속도를 따르지 못한다.

이곳 독일가문비 숲은 1931년 일제 강점기에 때 외래수종 시험 조림지로 조성되어 거의 100년에 가까운 시간을 살고 있는 현재 국내에서 가장 오래된 가문비 숲으로 알고 있지만, 100살이라는 나이는 그렇다 하더라도 규모로 보면 대관령 숲이 앞서지 않나 하는 것이 덕유산 숲을 둘러본 후 내가 느낀 소회다.

대관령 가문비나무가 일정한 공간(산)에 인공조림으로 숲을 조성했다면, 덕유산 휴양림에 뿌리를 내린 가문비나무 또한 인공림이긴 하나 다른 나무(활엽수)들과 혼효림을 이루며 함께 자라고 있어 활엽수의 잎이 지고 없는 겨울을 제외하면 처음 본 사람들은 나무에 걸어둔 이름표나 가이드(숲해설가)가 없으면 어떤 나무가 독일가문비나무인지 구별하기는 쉽지 않을 듯하다.

대관령 숲과 덕유산 숲의 다른 점은, 대관령 가문비 숲은 묘목을 같은 시기에 식재해 나무들의 크기가 비슷하여 통일감이 있다면, 덕유산 독일가문비나무들은 첫 식재 후 몇 해가 지나 병충해로 고사한 자리에 나무를 보충해 심다 보니 빨리 자라는 가문비나무의 특성상 크기(키)가 다양하다는 점이다.

228

나무계단을 따라 올라가다 보면 독일가문비나무의 위용에 압도되어 다른 나무들은 눈에 들어오지 않을뿐더러, 대단위 군락은 아니어도 무엇보다 건강한 숲이 발산하는 에너지 파장을 느끼는 데는 아쉬움이 없다. 그렇게 얼마를 못가 앞을 가로막고 선 나무 한 그루. 근엄하기가 큰 어른 같고 나의 아버지 같기도 하다. 덕유산에 가문비나무를 들여와 인공식재한 지도 어느새 100년이라고 하니 이 산에선 누가 봐도 저 아버지 나무가 절대 위용을 갖춘 큰 어른이지 않을까 싶다. 한 세기를 사는 동안 도무지 한눈팔지 않고 오로지 하늘에 닿겠다는 일념으로 저리 당당하고 우람하고 곧을 수 있다니, 혼효림이라 그럴까. 나무 하나하나를 살펴보면 덕유산의 가문비나무는 조밀하게 식재된 대관령 가문비나무보다 목피가 매끈하고 건강해 보인다.

얼핏 보면 독일가문비나무도 다른 침엽수과 비슷해 보이나 나무둥치가 곧고 굵으며 가느다란 가지들이 원뿔 모양으로 아래로 쳐져 있다. 하지만 이곳 가문비나무의 매력은 조금 특별하면서도 달라 보인다. 우선 하늘을 찌를 듯 곧게 뻗은 몸매가 그렇고 큰 키를 감당해야 할 우람한 몸 둘레와 위로 올라갈수록 가지에 달린 휘늘어진 잎들의 품새가 여간 멋지지 않다는 것이다.

우리나라 산에서 잘 자라는 소나무는 뿌리가 깊고 튼실해 바위를 뚫고서도 자라고 웬만한 바람에는 꺾이지 않는 특징이 있다면, 독일가문비나무는 뿌리가 아래로 깊이 내려가지 않고 옆으로 뻗는 특성 때문에 같은 나무라도 대부분 서로가 서로의 뿌리를 잡아주고 지탱해 주기에 군락을 이루어 살 수 있는 것이다. 하기야 저리 큰 키를 지탱하려면 인간은 상상할 수 없는 그들만의 묘수가 왜 없겠는가.

내가 '아버지 나무'라 명명한 이 숲에서 가장 큰 가문비나무 곁에는 아래와 같은 안내판이 서 있는데 그것을 기준으로 나무의 크기를 상상해 보는 것도 가문비나무를 즐기는 방법이 될 것이다.

독일가문비 가장 큰 나무
최대경급(지름) 85cm
최대(가슴둘레) 267cm
최대수고(높이) 34m

아버지 나무를 지나 조금 더 올라가면 나무계단을 따라 아담한 광장이 기다린다. 나는 시간이 가든 말든 어쩌다 한 두 사람이 다녀가는 덱 한 쪽에 몸을 가지런히 펴고 하늘에 닿을 듯한 가문비나무의 상층부를 넋 놓고 바라보았다. 언제부턴가 사람의 왕래는 끊기고 그토록 수다스럽던 새들도 조용조용 속삭이듯 우짖는다. 저 새도 저물기 전에 짝을 찾아 안도하는 것일까.

돌아서면 그리워지는 것이 숲만 일까. 하지만 나는 인상 깊은 숲을 만나는 날은 돌아서는 순간 지병처럼 숲 앓이를 한다. 이 건 어쩔 수 없는 카르마거나 태생적으로 그런 DNA를 가진 모양이다. 매 순간 환경을 걱정해야 하는 우리가 이렇게 건강한 숲을 가까이에 두었다는 건 축복이다. 숲은 그 어떤 현대 과학으로도 풀 수 없는 근원적인 인간의 상처를 치유하고 위무하는데 절대 기여를 하는 생물이다. 숲에 머물다 보면 몸에 깃든 나쁜 기운은 배출되고 최상의 산소를 교체 공급받는 기분이다. 그래서인지 만성두통과 피로감은 언제 그랬냐는 듯 사라지고 없다. 매번 어둠이 대지에 내려앉을 때가 되어서야 숲을 벗어나지만 아쉬움은 한결같다. 같은 자리에서 세상을 굽어보는 가문비나무가 뭐라고 그토록 발걸음이 떨어지지 않는지, 집을 나온 지 벌써 나흘째인데 추가 1박을 무주에서 하기로 했다. 밤새 내가 끌어안고 자다 깨다를 반복한 무주구천동의 물소리는 그곳이 천상이고 무릉도원임을 일깨워 준 듯하다.

다음날 새벽 나는 휴양림이 문을 열기 전 다시 가문비 숲으로 살금살금 숨어들었다. 전날 흐린 하늘을 원망했다는 걸 신도 아셨을까. 빛으로 가득한 아침 숲을 선물로 주신 그분. 어제는 하늘만큼 땅만큼 크고 좋은 선물을 받고 내 몸이 행복했고 황홀했었다. 바람 소리도 새소리도 저 아름드리나무들도 붉게 익은 산딸나무 열매도 모두 다 나를 위한 그분의 선물 같았다. 그리고 궁금했다. 왜 나는 여기 이 숲에 홀로 와있는지. 나를 이곳에 보낸 이가 대체 누군지.

그때 비로소 숲에 들 때마다 내가 느낀 그 감정의 정체를 대신해 주는 이가 있었다는 걸 기억하기에 이르렀다. 이 숲에서 가장 큰 독일가문비나무가 아버지 나무라면 제인 구달(침팬지 연구가. 행동하는 환경운동가) 그녀는 나의 정신적 어머니다. 내 마음을 대변하듯 나의 어머니는 이렇게 말씀하신다.


"숲으로 들어서면 영적인 힘을 강하게 느낄 수 있다.
그것은 오래된 수도원에 있을 때와 비슷한 느낌이다."

# 다시 가문비나무를 찾아서

　겨울은 끝나지 않았다. 긴 기다림 끝에 덕유산에 터를 잡은 '아버지 가문비나무'를 찾아 먼 길을 달려갔다. 가문비나무 숲으로 오르는 나무계단이 수리 중이어서 동절기 폐쇄가 불가피하다고 설명했지만, 그래도 먼 곳에서 나무 보러 왔다는 말에 매표소 직원은 고개를 갸웃하더니 입장료는 안 받고 주차비만 징수했다.

　작년 10월 방문 때 그토록 우람하던 숲이 가문비나무 몇 그루를 제외한 나머지는 모두 나목이 되어 그 숲이 맞나 싶을 만큼 허전해 보인다. 이 숲이 키다리 잎갈나무와 가문비나무 외 다양한 수종이 섞여있는 혼효림이라는 사실을 상기하지 않았다면 고작 눈에 보이는 몇 그루 가문비나무로는 실망할 수도 있겠다 싶다.

　나무마다 특징을 파악하고 이해하려면 사계절 관찰이 필수지만 그중에서도 중요한 계절은 겨울일 것이다. 상록수인 가문비나무도 마찬가지다. 가문비나무는 워낙 곧게 자라고 키가 커 이 나무를 설명할 때 나무 앞에 '키다리 아저씨' 혹은 '하늘을 찌를 듯'이라는 수식어가 붙는다.

　가문비나무와 잎갈나무는 거리를 두고 보면 곧게 뻗은 몸통과 초록 잎의 구별이 쉽지 않으나 겨울은 다르다. 몸통이 고기비늘처럼 생긴 가문비나무는 겨울에도 푸르름을 유지하지만, 비교적 매끄러운 몸피의 잎갈나무는 가을에 잎을 떨구고 나목으로 겨울을 난 후 봄에 새잎을 단다.

　덕유산 휴양림에 터를 잡은 가문비나무는 약 170그루라고 하는데, 대부분 정해진 구역 안에 인공조림을 한 탓인지 수십 년 혹은 백 년 가까운 나이를 가진 나무들이 사람이 사는 마을(씨족사회)처럼 모여 있다. 그 나무들 속에서 중심을 이루는 나무가 약 100살 가까운 나이를 가진 아버지 나무인데 내가 방문한 날은 데코 중앙에 자리를 잡은 길이 폐쇄되어 10여 m 떨어진 곳에서 바라보는 것으로 아쉬움을 달래야 했다.

　기온은 쌀쌀했지만 그래도 햇살이 숲의 바닥까지 내려앉아 숲

특유의 향기를 맘껏 들이킬 수 있었다. 한적한 숲에서 맑은 햇살을 받으며 내가 좋아하는 아름드리 가문비나무 기둥에 등을 대고 앉아 뺨을 비비고 손끝으로 쓰담쓰담 나무의 촉을 느끼며 한나절을 보냈다. 숲속 캠핑장으로 이어지는 산책로는 언제 걸어도 '좋구나, 좋구나!' 하는 감탄사가 절로 나온다. 인간이 없는 나무들의 세상에서 내가 본 것은 단지 그 우람한 가문비나무만이었을까.

인연인 것과 인연이 아닌 것들

1

　사방이 고요한데 꽃이 흔들린다. 어떤 나비는 그것이 슬프다며 왔다가 그냥 가고 어떤 벌은 그것이 좋아 꿀을 빤다. 가을이 오기도 전에 꽃은 바닥에 드러눕거나 스스로 지리멸렬할 것이다. 흘러넘치는 슬픔도 제 입김으로 말릴 만큼 아름다운 것은 아픈 자식을 가진 어미의 독기만큼 처절하다. 그 독기는 자신을 위한 안간힘이 아니라 오로지 새끼를 위한 몸부림이라는 걸 꽃은 안다.

　며칠 사이에 그 곱던 꽃들이 추레해졌다. 말라비틀어진 꽃대가 바닥에 코를 박고 마지막으로 목을 적신다. 꽃이 죽었다고, 꽃의 세상은 끝났다고, 어떤 짐승은 헛소문을 뿌리는데 생의 팔할을 탕진한다고 한다. 어쩌면 저 꽃들은 다음 생을 확약 받았다는 확신에 차 마이크를 잡은 가짜 신자처럼 죽은 척하다가 정말 죽었을지도 모른다. 많은 꽃들이 이미 죽었거나 죽을 거지만, 그러나 신이 있다면 죄 없이 죽은 저 꽃을 죽은 자의 명부에 올리지 않을 이유가 없고, 부활에 합류시키지 않을 까닭 또한 없다.

2

한때는 '세상에서 가장 아름다운 빵집 가는 길'이라 명명했던 황하코스모스 밭길이 태풍과 폭우로 초토화되었다. 얼마나 놀랐을까. 꽃에게 늘 아름다운 것이 인생일 수는 없다고 속삭여주지 못한 건 내 불찰이다. 그 난리에도 키 작은 것들은 납작 엎드려 살아남았으나 키가 큰 것들은 허리가 꺾어지거나 대부분 쓰러지고 말았다. 새끼를 지키려는 어미의 본능이었을 게다. 꽃밭은 부모를 잃은 자식이 부지기수다. 산책자를 위해 깔아놓는 매트 곳곳에 물웅덩이가 생겨 나는 신발을 흠뻑 적셔야만 했다. 이제 사람들은 시든 꽃을 탓하며 외면할 것이다. 하지만 꽃의 생은 끝나지 않았다. 모진 고초에도 살아남은 것들은 안간힘으로 아름다운 가을을 준비할 것이다. 아침마다 갓 구운 빵집으로 인도

했던 황하 코스모스 길, 아침마다 황하 코스모스 꽃밭 걷게 했던
빵집 가는 길.


3

상대를 객관적으로 보려면 너무 가까이 가지 않는 지혜가 필
요하다. 잘 보겠다고 한발 두 발 거리를 좁히다 보면 결국 우리
가 보는 건 극히 일부분, 대상의 전체를 보려면 적당한 거리 유
지는 필수, 사람이 사람으로부터 상처 입고 절망하는 건 그 거리
에 균형이 깨졌을 때가 아닌가 한다. 사람 사이가 지나치게 가까
우면, 세계 최고봉 에베레스트산을 잘 보겠다고 죽을힘으로 고
도를 높이다가 결국 번아웃 되는 것과 무엇이 다를까.


4

친구를 차단했다. 사소한 오해에서 비롯된 일이고 나는 그것
이 내 의도와 상관없다는 걸 설명하기도 전에 지쳐버렸다. 이기
고 지는 게임이 아니었지만 나는 현명하지 못했다. 이런 경우는
매우 드물지만 양쪽 누구도 틀리지 않았다는 걸 인정한 후에야
평정심을 찾을 수 있었다. 입이 가볍고 몸짓이 현란한 사람, 지
식은 풍부하나 경험이 미천한 사람, 포즈가 과한 사람은 피곤하
다. 조금 오래 알았다고 타인의 금 안으로 함부로 들어오는 사

람도 그렇다. 나는 지나치게 과하거나 모자라는 사람을 원하지
않으며 시종일관하는 사람을 선호한다. 모두 다르다는 것을 전
제하에 관계를 시작하더라도 한쪽의 일방적인 배려나 희생은
절름발이 사랑처럼 오래 가지 못한다. 정체성이 흔들리면서까
지 상대에게 나를 맞추는 일이야말로 가당찮은 욕심이라는 알
았다. 때로는 나를 위해 다소 이기적인 카드를 쓰는 현명함도
필요하다.

# 나무만큼 영적인 존재가 있을까

　숲의 내면으로 드는 행위는 무엇엔가 떠밀려 놓치고 산 원시성을 찾고자 하는 의도가 가장 크다. 나는 가장 순수한 마음으로 나무가 되고 풀꽃이 되는 꿈을 꾸었다. 재주가 많거나 능력 있고 멋진 사람을 보면 닮고 싶어지듯 숲이라고 다를까. 하늘을 찌를 듯 곧게 뻗은 전나무 숲을 보면 절로 감탄하게 된다. 눈앞에서 달려가는 노루에게 언어를 배운 지 천만년 만에 이제 겨우 시도해 보는 첫 고백이 '사랑한다'는 문장이었다는 걸 설명할 방법은 없는 걸까. 그 한마디의 고백이 나를 이 숲으로 들게 하는 힘이었을까.

매일 걷는 길을 오늘도 걸었다. 먼 곳을 빠르게 걷기보다는 무난한 길을 오래 걷는 걸 좋아하는 나는 아무리 익숙한 숲이라도 그날 날씨와 기분에 따라 몸과 마음이 크게 영향을 받는 편이다. 수십 년 곧게 뻗어있던 길이 나무가 자라면서 휘어져있기도 하고 잡초로 가득했던 언덕바지엔 다른 식구들이 자리를 펴고 있고 수풀로 뒤덮여 눈길 한 번 제대로 주지 않던 아래쪽 길은 왼쪽으로 뻗어있어야 할 길이 벼랑처럼 툭 끊어져 있다. 거친 잡초로 무성했던 길이 전에 보지 못한 꽃으로 가득하다는 건 꽃이 거기 없었다는 말이 아니라 내가 다른 곳을 보느라 꽃밭을 외면했다는 말이겠지. 그토록 아름다운 길이 감쪽같이 사라지거나 휘어져 있을 땐 내 마음이 균형을 잃었거나 장난꾸러기 안개가 시야를 가리고 있다는 걸 의심해 봐야 한다. 그러나 걷다 보면 숲으로 들 때의 혼란스러웠던 마음이 나올 땐 언제 그랬냐는 듯 평상심은 물론 콧노래까지 부르며 집으로 돌아오게 되는 변화는 숲이 주는 선물일 것이다.

걷는 동안 주기적으로 멈추고 주변을 살펴보길 권한다. 자신이 어디만큼 왔는지를 자각하는 것도 중요하지만 주변에 무엇이 있는지 가야 할 길에 방향은 의심하지 않아도 되는지, 지금 서 있는 자리에서 하늘 한 번 쳐다보고 바람이 나뭇잎을 흔들고 가는 숲의 은밀한 호흡을 나의 들숨과 날숨으로 느껴보는 것도 숲과 삶을 동일하게 즐기는 방법일 테니까. 삶이 그대를 힘들게 할지라도 작은 꽃 앞에 쪼그리고 앉아 미소를 머금을 수 있다면 그대는 성공이나 실패와는 격이 다른 참으로 행복한 사람이라는 걸 알아야 한다. 그러므로 어디로 가야 세상이 말하는 진정한 행복을 찾을 수 있는지 묻지 말기. 그러나 한 번 더 의심해 보길, 지금 가고 있는 길이 바로 그 길이 아닌가 하고.

능경마루 숲에는 쉬땅나무 꽃이 온산을 뒤덮고 있다. 네가 나를 위해 꽃을 피운 건 아니지만, 외딴 산모롱이를 오며 가며 나는 걸음을 멈추고 꽃, 너를 본다. 보면서 예뻐한다. 향기를 맡으며 즐거워한다. 쓰다듬으며 감탄한다. 희망을 보았다며 행복해한다. 이만하면 족하지 않느냐. 단 한 사람이라도, 아니, 단 한 사람이어서 온전할 수 있었던, 그래, 사랑 말이다.

휘어진 나의 등뼈에 손을 얹고 점자책을 더듬듯 하나하나 아픈 혈을 눌러주고 어루만져 주던 어느 공원에서의 평온한 한나절, 처음 만난 기차역에서 마지막으로 내 이마에 가만히 손을 얹어주던 너, 내 심장을 뚫을 기세로 쳐들어오던 눈빛, 100미터 달리기 선수가 결승선을 앞에 두고 안간힘으로 발을 뻗어 자신의 기록을 바꾼 순간의 심박수보다 조금 더 빠르게 뛰는 심장, 오늘은 그날로부터 5년이 흘렀고 밭에 나가 감자를 캐고 까맣게 그을려 폭삭 늙어버린 얼굴을 무심코 자동차 백미러에 비춰보는 순간에도 나는 멀미처럼 그대를 그리워했다. 다시는 그때의 순간으로 돌아갈 수 없다고 느낄 때 문득 내 심장 안쪽까지 쳐들어오는 가을빛 같은 사람,

'헨리 반 다이크' 말처럼 노래를 가장 잘하는 새들만 지저귀는 숲은 얼마나 건조하고 적막할까. 음악가가 세상 모든 소리를 악보에 담기를 원하듯 작가 또한 보고 듣고 경험한 모든 것을 직유든 은유든 작품 속에 반영하고자 한다. 자기애가 강한 사람은 그렇게 완성한 작품을 우주의 교향곡이라 일컫는데 주저함이 없다.

길을 잃었을 때조차도 예감이 빗나가는 일은 드물다. 새들이 날아가는 방향으로 걷다 보면 길은 자연스럽게 숲으로 이어지곤했다. 그러니까 숲은 나에게 자석 같은 존재였던 것, 저녁이 되면 떠나는 것들이 잠시 모여 짝을 찾고 숲, 그러나 겨울 숲은 검은 침묵과 쇠 같은 무거움 덩어리, 나는 비 갠 봄날의 새벽 숲을 좋아하지만 그보다 지친 영혼을 위무해 주는 아침 햇살을 몹시도 사랑하지. 이유는 하나, 그 빛이 나의 집필에 밝은 영감으로 작용했다는 걸 의심치 않기에,

나무만큼 영적인 존재가 있을까. 나무만큼 신사적이고 멋진 사생활을 누리는 자가 있을까. 나무와 나는 같이 살진 않지만 따로 사는 관계도 아니다. 아무리 숲에서 오랜 시간을 머물러도 그 흔한 이파리 한 장의 사생활도 알아내지 못하는 건 여전히 아이러니, 더러는 감쪽같은 표절을 꿈꾸기도 하지만 아무것도 하지 않아도 스스로 완벽한 저것, 내겐 숲에 사는 나무가 그렇다.

낮은 몸과 의식을 밝은 빛으로 환기해 주지만 밤은 영혼을 서늘히 깨어있게 하지 않던가. 어떤 새소리는 하늘로 퍼지며 사라지고 어떤 새소리를 땅으로 낮게 깔려 내 발밑으로 웅얼웅얼 스며든다.

이
웃
집
동
이
네

    백화점 정기세일 전단지가 같은 우체통에 나란히 꽂혀있는 도심의 이웃도 이웃이지만, 단조로운 산골 생활에서의 이웃이란 창가에 앉아 같은 산을 바라보고 같은 숲을 즐기고, 달밤에 고랭지 언덕 위로 감자꽃이 피면 감자꽃을. 같은 농도의 안개와 비 그리고 비밀의 서원 같은 백두대간의 웅장하고 아름다운 스카이라인을 공유하는 것 외에도 어디 가면 무슨 꽃들이 지금 막 눈을 뜨고 있다는 소식을 주고받는 사이. 거기에다 나의 문학적 관심사와 그들의 문화적(예술적) 관심사가 소통의 주제와 연결고리가 된다면 무엇을 더 바랄까. 모처럼 시골살이에 마음 터놓고 수

다할 수 있는 이웃이 생겼다는 말을 이렇게 장황하게 하고 있다.

숲에 갔다가 집으로 드는 방향 통로에서 한 남자와 마주쳤으나 그는 나를 보지도 않고 등을 돌리며 묻는다. "○○○ 선생님이시죠?" "네, 어떻게 저를…". 그의 목소린 진중했지만 내 목소린 긴장으로 살짝 흔들려 하마터면 곁에 남편이 있다는 것을 잊을 뻔했다. 그러나 내 답이 끝나기도 전 그는 가벼운 목례를 남긴 채 사라졌다. 아니 대체 누구길래 이런 곳에서 내 이름까지 구체적으로 알고 있단 말인가. 이 마을에 정착한 지 20년이 가깝지만 이런 일은 처음이었다.

그날 밤 처음 한 남자에 대한 의문을 갖기 시작했으나 그것은 얼마 못 가 희미해지고 말았다. 하지만 아주 가끔은 그 남자와 처음이자 마지막으로 대면한 그 지점에 서면 불현듯 그날의 기억이 되살아나곤 했다. 그런 일이 있고 2년쯤 지났을까. 친구와 산책을 다녀오던 길이었는데 우연히 집 앞에서 개를 데리고 산책을 다녀오는 그와 마주쳤지만 나는 그를 알아보지 못했다. 몇 마디 대화 뒤에 바로 그가 전에 만나 이름을 묻던 남자와 동일인이라는 걸 알았다. 그는 아내와 동이라는 이름을 가진 개와 세 식구가 4년 전 이곳으로 이사와 살고 있다고 했다. 그런데 왜 나는 몰랐을까.

첫 만남 땐 곁에 남편이 있었고, 두 번째는 친구가 있었다면 그에겐 개가 있었다. 그날도 개를 데리고 산책하고 돌아오는 길이었는데 동행한 친구가 차 한 잔 청했을 때 쾌히 허락해 주었다. 그날은 잠시 차담을 나누고 다음 기회를 약속하며 그도 친구도 각자의 자리로 돌아가고, 그 사이 나도 본가에 다녀오면서 한 달의 시간이 흘렀다.

이번엔 오랜 나의 베프가 왔다. 그와 세 번째 만남이 이루어진 날은 나와 내 베프와 동이네 가족이 함께 했는데 그날 마침 팬텀 싱어4가 마지막 경연을 하는 날이었는데 그들 집엔 TV가 없다고 했다. 잘 됐다 싶어 그들을 우리 집으로 초대해 저녁을 함께하며 차와 술 파티를 했다. 나는 상관없지만 낯가림이 심한 내 베프는 초면인지라 조심스러웠으나 이게 얼마 만의 일인가. 의외로 대화의 소재는 대관령이라는 지명, 문학, 음악, 영화, 여행, 모든 장르를 오가며 무궁무진 막힘이 없었다.

그들에게 내 젊은 날의 초상과 베프와 앙코르와트 여행에서 찍은 사진을 보여주었을 때, 이런 날이 있었군요, 하는 그들이 표정. 다음 날은 그들이 친구가 떠나기 전 맥주파티 어떠냐고 초대장을 보내왔다. 낮 동안 친구와 나는 가문비 숲을 즐기고 약속한 시간에 동이네 문을 두드렸다. 실내는 잘 꾸민 작은 카페를 연상시켰다. 사계절 나와 같은 풍경을 바라보고 사는 젊은 이웃을 알고 서로의 집을 방문하는 일은 처음이었다. 이야기가 무르익어갈 무렵 아내가 즉석에서 시를 낭송하고, 남편은 피아노 연주를 사양하지 않았다. 동이는 식탁 주변을 오가며 우리들의 대화를 엿들었고 모두가 좋아하는 음악과 저마다 눌러두었던 청춘의 비하인드 스토리는 흡족한 안주가 되었다.

　인생에서 가장 아름다웠던 순간을 화양연화라 했던가. 내게도 있었고 당신에게도 있었을 바로 그 최고의 순간. 나는 왕가위 감독의 영화 〈화양연화〉에서 양조위의 차디찬 눈빛과 정갈한 헤어, 치파오를 입은 장만옥의 절제된 아름다움, 우수에 젖은 분위기, 시종 은밀하고도 현기증 나는 감정선을 위태롭게 끌고 가던, 다소 무겁고 어두운 분위기에 압도되었던 영화 속 장면 장면들이 오버랩되어 결국 카메라를 잡고 말았다. 우리들의 대화는 모든 장르를 넘나들었고 딱히 어떤 연출이 개입한 것도 아니지만 그 자체만으로 이미 영화를 뛰어넘는 영화였다. 우리는 집으로 돌아와 앞산 걸린 만월을 보며 각자의 방식으로 독백했다.
　"동이네 부부, 단지 젊어서 그런 것만은 아닐 텐데 그 두 사람 정말 사랑스럽더라, 그러니까 삶이 곧 영화야, 그치?"
　지금 우리들 눈에 그렇게 아름답게 보이는 그들도 시간이 흐른 뒤에는 지금 이 순간이 화양연화였다고 회상할까. 몸에 착 달라붙는 치파오를 입은 장만옥이 국수통을 들고 가던 그 느린 장면이 잠이 들 때까지 내 머리를 떠나지 않았던 이유가 뭘까.

# 안개 숲을 흘러다니는 아코디언 연주

## 1.

멍하니 바닥만 보고 걷다가 머리를 드는 순간, 깜짝 놀랐다. 와락 달려들어 내 눈을 가리는 이것의 정체가 무얼까. 순간 부동으로 서서 내게 닥친 상황을 파악하고자 머리를 좌우로 흔들었다. 땅만 보고 숲의 들머리까지 왔을 땐 평소와 다르지 않았는데 불과 몇 분 몇 초 사이에 무슨 일이?

범인은 안개다. 놀란 짐승처럼 내가 눈을 크게 뜨고 손을 휘휘 저으니 비로소 길을 비켜 주는 안개. 자주 있는 일임에도 하마터면 소리를 지를 뻔한 놀라움의 정체가 싫은 건 아니었다. 어느 날은 동행자조차 알아보지 못할 만큼 이곳의 안개는 지독하다. 그 속성을 익히 알기에 안개가 물러날 때까지 조용히 기다릴 수밖에 달리 방법이 없다. 달려들 땐 폭군 같으나 돌아설 땐 신기루 같은 안개.

호흡을 다듬고 자작나무 숲으로 몸을 밀어 넣는다. 적정한 거리와 알맞은 밀도를 무시한 채 식재된 나무들은 균형감각을 유지하기 위해 옆으로 자라는 데 한계가 있어 위아래로 몸을 키우는 전략에 집중할 수밖에 없다. 생존을 위해서라면 땅도 하늘도 나무의 길을 방해하지 않으면서 자신에게 필요한 공간을 선점하는 것이야말로 생사가 달린 본능의 문제가 아닌가.

느닷없는 안개가 그러하듯 향기와 소리의 실루엣들이 물결치듯 숲을 휘감아 산 입구부터 평소와는 사뭇 다른 기운이 느껴졌다. 안개가 깊은 물속에서 회오리를 일으키듯 한 방향으로 흘러가고 나무가 일정한 리듬을 타듯 의문의 소리에 끌려 나도 소리를 따라 한 방향으로 걷고 있다는 걸 뒤늦게 알았다.


처음이다. 이 숲에서 악기 연주를 라이브로 듣는 것은. 하여 환청이거니 했는데 소리가 부르는 쪽으로 가다 보니 가문비 숲 벤치에 닿았고, 어느 중년 신사께서 연주를 하고 있었는데 소리나 자세로 보아 아코디언 같았다. 연습을 위해 그곳까지 온 것

같진 않았고, 연주 실력도 일인 관객인 내가 따라 부르는 리듬을 놓치지 않을 만큼 쉼표와 박자와 리듬감에 무리가 없었다. 행인이 드문 숲 벤치에 앉아 아코디언 건반을 더듬는 남자의 어깨는 좁아 보였다. 처음엔 탱고 반주로 쓰는 반도네온인가 했으나 가까이 가보니 반도네온이 아니라 아코디언이었다.

어릴 때 서커스장에서 사람들을 모으기 위해 나이 든 아저씨가 가슴에 손풍금(아코디언)을 안고 연주해 주던 구슬픈 소리가 오버랩 되었다. 가문비 숲에서 자신만의 연주에 빠져있는 그분의 손가락이 아코디언의 어느 부분을 더듬고 있는지 뒷모습만으로 짐작이 갔다. 아코디언은 소리가 울림통을 나와 촘촘한 가문비나무 사이를 마치 어린 고래가 물속을 유영하듯 미끄러져 갔다. 홀로 연주에 심취해 있던 그분께 박수를 드리자 비로소 나를 의식한 듯 돌아보았다. "'봄날은 간다'의 영화음악 주제가네요"했더니 머쓱해하셨다. 연주가 부드럽고 진지해서 좋았다는 소감을 드리자 수줍은 미소를 입술에 걸었다. 얼마 전 모 콩쿠르에서 세계인의 주목을 받은 피아니스트 임윤찬의 소감 '산에 들어가 피아노만 치고 싶다'던 그 말이 생각났다. 아코디언을 연주하는 저분의 소망도 한때는 이 같은 가문비 숲으로 들어가 자신이 좋아하는 아코디언 연주만 하며 살고 싶었던 때가 있지 않았을까.

어떤 이유로 아코디언이라는 클래식 악기를 연주하게 되었는지, 이 숲은 어찌 알고 왔는지, 궁금했지만 연주에 방해될까 봐 조용히 자리를 일어서는데 나를 의식한 건지 연주가 멈췄다. "저기요, 혹시 숲의 나무 이름 아세요? 나는 전나무인 줄 알고 있었는데 아닌가 봐요." 조금 전에 스치듯 했던 말이 마음에 걸렸는지 내게 되물었다. 나는 그의 질문을 기다렸다는 듯 "네. 가문비나무랍니다. 북유럽이 고향이라죠." 그분이 악보 끝에다 연필로 '가문비나무'라 적고 눈인사를 하더니 멈춘 곡을 다시 이어갔다. 혹 그 숲에 아픈 나무가 있다면 그의 아코디언 연주로 위무 받기를. 그 사이 안개는 흔적도 없이 사라지고 집으로 돌아오는 내 입에선 콧노래가 떠나지 않았다.

국내에서 아코디언 연주하면 85세의 일기로 작고한 심성락 연주자를 모른다 할 수 없기에 집으로 돌아와 유튜브에서 전설 같은 그의 연주를 찾아 들었다.


바다가 숨을 쉰다/악기가 숨을 쉰다//바람이 들어오면 숨을 들이쉬고/바람이 나가면/숨을 내쉬는 주름상자에/숨결을 불어넣는 왼손/심장 가까이/숨 쉬는 주름상자를 안고/함께 호흡하는 남자//하지만 그의 자리는 언제나/무대 뒤 혹

은 녹음실//"사람들은 내가 음지에서 음악 한다고 하는데/
나는 반대라고 생각해요./누가 보지도 않고 알아주지도 않
지만/악보에 최선을 다하는 자리가 양지입니다."

  – 심성락 50년 음악 인생, 2009년 그의 연주와 인터뷰 영상에서


2.

라이브다. 눈을 감고 나무에 등을 기댄 채 음악에 빠져든다.
바람이 갓 뽑은 솜사탕 같은 안개의 입자를 밀며 끌며, 나무와
나무 사이를 춤추듯 흘러 다닌다. 이 소리는 너무나 아련해 먼
추억을 불러왔다. 악기는 연주자의 마음을 닮는다더니 그래서
인가, 어떤 날은 튜닝하는 소리만 듣다 가고, 어떤 날은 영화음
악 완곡을, 또 어떤 날은 동요 몇 곡으로 마법에 걸린 어린이가
되곤 했다. 전에 없던 일이라 처음엔 이게 무슨 호산가 싶어 반
가움을 감추지 못했으나, 며칠이 지나자 그분에게 나는 행자일
뿐이듯 내게도 그분은 아코디언을 연주하는 연주자라는 것 외엔
달리 마음을 쓰지 않았다. 그것이 숲과 음악과 나를 위한 최소한
의 예의라는 걸 우리는 알고 있었다.

기분이 좋은 날은 가까이 다가가 건반을 누르는 손가락을 관
찰하며 우리가 호흡을 통해 숲의 신선한 바람을 느끼듯 연주자
가 아코디언 주름상자에 바람을 불어넣고 빼기를 반복할 때마다

조금씩 다른 소리가 울려 나왔고, 소리의 세기에 따라 연주자의 팔근육이 섬세하게 움직이는 것을 볼 수 있었다.

폭염과 코로나로 모두가 지친 여름. 한가로운 숲에서 듣는 아코디언 연주는 내 귀를 달콤하게 더듬어 주었다. 처음엔 그 소리가 믿기지 않아 그분의 등 뒤로 다가가 악보를 훔쳐보기도 했다. 그런 날은 숲이 저만큼 멀어질 때까지 아코디언의 슬프고도 애잔한 소리가 집요하게 나를 따라왔다. 그날은 네 번째 그분의 연주를 감상한 날이었으니 모르긴 해도 여름내 아코디언 연주회에 고정석을 차지한 가문비 숲은 전례 없는 호사를 누리지 않았을까.

횡과 열을 맞춰 빼곡하게 식재되어 군인들이 연병장에 각을 잡고 도열해 있는 듯한 가문비 숲에는 서 있는 나무가 있고, 바닥을 베고 누운 나무가 있고 쓰러져 벌레집이 되었다가 풍화로 흙이 된 나무도 있다. 이것이 자연의 모습일 것이다. 같은 숲 안에서도 어느 나무는 태어나고 어느 나무는 자연사라는 이름으로 삶을 마감하고, 또 어느 나무는 부활을 기다리기도 하는, 평생한 발자국도 움직일 수 없는 나무지만 그들도 때로는 씻을 수 없는 상처를 입기도 한다. 폭설에 부러지고 크고 작은 가지에 찔리고 태풍에 목이 꺾이고 문명에 초토화되는가 하면, 화마로 흔적도 없이 재가 되기도 한다. 그럼에도 자연은 시간이 가면 푸름을 유지하며 의연히 일어난다.

건반을 눌러 주름상자에 바람을 불어넣으며 소리를 내는 아코디언은 클래식(고전적인) 악기로 분류하며 우리말로는 '손풍금風琴'이다. 손풍금을 켜는(연주하는) 사람, 즉 연주자는 '손풍금수風琴手'라 부른다는데, 서양식 이름 아코디언보다 우리 식 '손풍금'이라는 말이 훨씬 더 정감있게 들리는 건 나만의 생각일까.

18살에 시작, 여든이 넘도록 연주를 멈추지 않았던 전설적 인물, 손풍금의 대가 고 심성락 연주자는 악기를 어깨에 메는 것이 힘에 부치면 그때가 바로 연주를 멈추어야 할 때라고 술회했다. 아마추어 연주자지만 이분의 생각도 그럴까.

선물처럼 이 숲에 나타나 잊었던 아코디언의 애틋하고 구슬픈 소리를 다시 듣게 해 주신 그분께 본가로 돌아가기 전날 감사 인사라도 드릴까 하여 숲을 찾았다. 한참 만에 나타난 그분은 따뜻하고 겸손한 미소로 나를 환영해 주셨다. 그분의 말을 빌리자면 그는 연주자가 아니라 아코디언 연주를 보다 잘해보고 싶은 연습생일 뿐이라며 자신을 낮추었다.

약 10년 전 퇴직을 하고 여행을 좋아해 전국을 떠돌다 한반도에서 가장 시원하다는 대관령에서 여름을 보내고, 더위가 사라질 즈음 가족이 있는 서울로 돌아가기를 몇 해째 반복하고 있다고 했다. 한데 이번 여름은 폭우가 잦아 여느 때보다 조금 빠른 귀가를 결정, 마침 내일 대관령을 떠난다는데 표정이 밝아 보였다.

내년에는 세계인이 걷는 '도미노 데 산티아고'를 완보할 계획이라며 어디에 머물든 매일 걷기로 몸을 단련하며 해보고 싶고, 해야 할 일이 많아 늙을 시간이 없다 시며 나이는 숫자에 불과하다는 걸 증명이라도 하듯 건강한 50년생이시란다.

다시 볼 기약은 없지만 가벼운 맘으로 작별 인사를 했다. 무엇보다 가문비나무에게 아코디언 연주는 좋은 친구가 되었을 테니 나만큼 숲도 행복했을 것이다. 언젠가 그들도 모진 세월을 이겨내고 능력 있는 장인을 만나 아름다운 소리를 내는 악기가 되어 상처 입은 영혼들을 위무할 수 있다면~ 돌아서 몇 발자국 걷다가 비로소 생각이 나 저만치 멀어져 가는 그분을 불러 세웠다. "선생님, 성함을 여쭤봐도 될까요?" 그분의 입가에 살짝 수줍음이 묻어났다. "이름이 궁금해요?" "네. 지난번 제 친구들이 동행했을 땐 사진도 허락해 주셨잖아요. 그래서 그런 건 아니지만 성함 정도는 기억해둬야 할 것 같아서요." "아 그래요. 내 이름은 평재입니다. 평재."

'평평한 재' 쉬고 싶은 언덕. 누구라도 와서 안기고 뒹굴며 쉬다 가라는, 평평한 언덕(재)은 아마도 그런 의미겠지. 나는 그분의 이름을 잊지 않기 위해 평재, 평지, 평상, 평균, 평론, 평화, 평온, 평안, 평화주의자…, 평으로 시작되는 내가 아는 모든 단어들을 나열하며 숲길을 빠져나왔다. 첫 만남을 안개로 시작했는데 마지막 만남도 안개비가 마중을 했다. 숲을 빠져나오자 자동차 소음이 지나가고 안개가 그분의 뒷모습을 하얗게 지운 후에야 나는 그것이 현실이라는 걸 깨달았다.

5월에 쓰는 가문비 일기

놀래라,

따닥! 소리를 내며 부러지는 마른 나뭇가지,

일제히 나를 쳐다보는 나무의 눈과 몸에 박힌 옹이들,

손끝으로 느끼는 목피의 투박한 질감,

향긋하게 잘 발효된 나무 냄새,

움켜쥐는 순간 손을 찌르며 바스러지는 마른 낙엽,

아가 피부 같은 풋풋한 연두와 진한 초록 이파리,

누워서 구름을 읽고 시를 읽는 행자,

밤의 단골손님인 소쩍새는 낮에도 우네.

잎과 잎이 몸을 비비며 내는 소울 화음,

소낙비에 긴 머리를 감고 있는 이파리들,

가려운 곳을 긁어주는 빗방울의 난타,

제 몸보다 큰 열매를 굴리는 다람쥐와 청설모의 봄 소풍,

가문비 대장간에서 흘러나오는 딱따구리들의 망치소리,

낡은 슬리퍼를 끌고 종종걸음으로 해를 쫓아가는 나무 그림자,

가장 아래에서 가장 높은 쪽을 바라볼 때의 아득한 그리움,

낮은 계곡을 지키는 의연하고 믿음직한 나무들의 각도,

절벽 아래로 굴러가는 열매를 안타까이 바라보는 직박구리의 마음,

이마에 거미줄을 달고 있는 차가운 안개의 입자들,

시나브로 발등을 기어오르는 무당벌레의 간지러움,

손가락에 침을 발라 책장을 넘겨주는 바람,

낭랑한 목소리로 시집을 읽어주는 물푸레나무

숲 언저리에서 보초를 서는 창백한 낮달

투두둑 다투어 땅으로 몸을 던지는 열매들의 발랄한 몸짓,

소곤소곤 산이 숲에게 숲이 나무에게 전언하는 봄 노래,

저마다 다른 장르의 노래를 부르는 나무들, 꽃들,

뻐꾸기와 검은등뻐꾸기가 화음을 넣어 들려주는 이중창.

영원할 것 같았던 꿈의 옆구리를 닮은 연둣빛 5월 연서,

춘풍을 타고 속속 도착하는 소문들,

딱새가 물고 달아나다 내 머리 위로 떨어트린 봄.

해 질 무렵 산을 내려오는데 내 입술이 가만있질 못한다.

'그랬구나, 걷는 것이 기도였구나, 가슴 떨리는 행복이었구나.

분주했던 가문비 도서관의 5월 하루.

　부정할 근거는 없어, 어쩌면 나는 가난한 부자이고 부자이면
서 가난뱅이일지도 몰라, 풀냄새, 젖는 이끼와 파릇한 나무 향,
이 숲엔 꽃도 있고 열매도 있고 크고 작은 곤충과 날짐승도 살
지. 그러나 어떤 날은 하늘을 찌를 듯한 나무만 보이고, 또 어떤
날은 바닥을 기는 꽃만 보여. 그러니까 숲은 나무의 것도 꽃이나
노루 같은 짐승의 것도, 그렇다고 내 것도 아닌 거였어. 딱히 문
서를 갖추지 않아도 이 넓은 대지와 나무와 숲은 내 것이고 당신
의 것이고 우리의 것. 누릴 순 있어도 함부로 소유할 수 없는 공
공의 자산. 어젠 꽃이 예쁘다 자랑해놓고 오늘은 내 것도 아닌

하늘을 찌를 듯 곧게 뻗은 잎갈나무숲이 최고라 자랑질이니,

이슬비가 소곤소곤 내리면 꽃도 풀도 나처럼 간지러울까. 이런 날 카메라가 가지고 나온 건 실수지만 손에 우산이 없다는 건 얼마나 다행인지. 두어 번 셔터를 누르고 배낭에 카메라를 넣고 작정한 듯 비를 맞는다. 살갗에 발랄한 소름이 스치는 순간은 짜릿하다.

가장 행복하거나 서러울 때 피는 꽃은 향기도 그만큼 진하겠지. 아무도 기억하거나 눈여겨보지 않더라도 꽃이 자신의 결정을 최고로 만든다는 건 그리 놀랄 일은 아닌 듯,

나무는 매우 단순해 보이지만 자신이 경험한 바를 뿌리나 몸통에 자신만의 기호로 데이터화하고 기록하는 대용량 파일을 몸 어딘가에 숨기고 있는 게 보여. 어제 일과 수십 년 전의 일들도 조금 전처럼 기억해 내는 걸 보면 말이다. 빗방울을 가득 단 젖은 풀잎들은 아련하고 왠지 모르게 애처롭다.

너도 예쁘고 나도 예쁜 꽃처럼 살고픈데 시기심으로 관계 장애를 앓는 환자 같다고 느낄 때 나는 슬퍼. 꽃을 보면 꺾고 싶은 욕망도 그것 아니겠는가. 단순한 삶은 단순함을 극복해야 가능해진다. 전진은 못하더라도 후퇴는 하지 않아야 하는데 지금보다 강해지려면 열정의 강도를 올리는 수밖에. 이럴 땐 쉬운 걸

포기하지 않는 것보다 어려운 것을 끝까지 놓치지 않는 것이 핵심이라고 아버진 내게 가르치셨지. 꽃아, 피고 지는 일에 혼을 불사르는 건 네가 자처한 일인데 슬픔은 왜 내 몫이니?

등 뒤에서 저벅저벅 누군가 다가오는데 그가 누군지 감이 오지 않는 상상 부재가 주는 당혹스러움, 온갖 불안 속에서도 무사히 저녁을 맞는다. 살아있음에 감사하는 하루다.

그
로
우
grow

길냥이를 만났다. 초면 같은데 숲으로 들 때 나를 따라오던 녀석이 숲을 빠져나와 큰길을 건널 때까지 쫓아왔다. 우리 집으로 가자 하면 따라나설 기세다. 내가 멈추면 녀석도 멈추고 내가 발자국을 옮기면 녀석도 따라 옮겼다. 그러고 보니 몇 달 전 이 숲 근처에서 저 아이와 닮은 새끼 냥이를 만난 적 있었다. 그 아가가 저렇게 자랐다는 말인가. 같은 녀석이라면 설마 그때의 나를 기억하는 건 아니겠지.

40여 일 만에 돌아온 본가, 달력은 4월에 멈춰있고 비어있던 집은 가족의 애틋한 채취로 나를 반겼다. 늘 그래왔듯 창부터 활짝 열고 베란다에 화초부터 돌아본다. 예상했듯이 몇 개는 말라 시들고, 몇 개는 돌봄 없이도 제 법 키가 자라있었다. 그중 하나 아보카도. 지난가을쯤 남들이 아보카도 씨앗을 화분에 심었더니 자라더라는 정보를 입수. 나도 3개의 아보카도 씨앗을 화분에 묻었는데 도무지 감감무소식이었다. 그래도 내가 집에 있을 때 수시로 화분을 살피는데 영 소식이 없어 포기를 생각하던 참인데, 지난번 시골 가면서 그래도 혹시 하고 큰 그릇에 물을 담고 아보카도 씨앗을 묻은 작은 화분을 그곳에 담가두고 '그래 우리 곧 만나자' 인사까지 하고 집을 나섰다. 그런데 돌아와 보니 낯선 화분 하나가 내 눈에 들어오는 게 아닌가. 아, 드디어 아보카도가~~. 나는 사진을 찍어 아이들에게 보여주면서 "얘들아 이것 좀 봐라, 엄마가 없는 동안 아보카도가 저 혼자 이렇게 잘 자랐구나!" 며칠 후 거실 가득 가족이라는 이름으로 아이들이 모여 밥을 먹고 잠을 자면서 뒤늦은 5월 가정의 달 행사를 치르고 종달새처럼 재재거리던 아이들이 제 자리로 돌아갔다.

'그로우'라는 단어가 생각났다. 시골 마을 길엔 고양이와 나무와 애기똥풀꽃과 민들레가 쑥쑥 키를 늘리고, 우리 집 화분엔 아보카도가 자라고 볼 때마다 아이들도 쑥쑥 자란다. 그러니까 변하지 않는 것은 아무것도 없다. 아무리 하찮은 것이라도 아무 의미도 없이 그냥 세상에 온 것은 없다.

동해를 출발, 정동진 지나 백두대간 능경봉을 숨차게 올라 우리 집 유리창을 물들이는 아침노을을 귀한 손님처럼 공손히 맞는다. 그리고 당신을 위해 기도한다. 매일 치르는 나의 이 의식은 매우 중요하고도 절박하다.

태양과 지구, 1광년의 거리라 한다. 그 빛이 지구까지 도달하는 시간이 8분이라 하니 지구상 누구나 빛을 보고 느끼는 순간은 같으리라. 하여 어느 곳 어느 찰나도 동행한다는 것은 감정 이전의 이성이다, 아니다, 양분법을 떠난 섭리다. 아침노을이 해질 녘 보다 붉거나 검고 환하고 찬란하다는 것을 너도 알았으면 했다. 허무와 적멸과 스러지면서 진동하는 삶 역시 한 몸으로 뒹구는 것이니, 다시 밤이 찾아와 고맙고 나는 여일하다.

눈을 감고 성당 의자에 앉아있을 때 곁에 누군가 앉았다가는 기적을 느꼈다. 지금 그는 밝은 빛의 큰 창이 소실점인 긴 복도를 걸어가고 있다. 어디선가 나무 향이 바람에 실려와 복도를 채우고, 나는 왜 그가 바흐를 닮았다고 생각한 걸까. 아무리 미워도 분노와 공포로 맞서는 건 옳지 않다고 넌지시 일러주고 가던.

당신의 향기를 닮은 봄바람.

자
기
자
신
으
로
사
는
것

　사랑이라는 이름으로 상대를 구속하거나 길들이기를 바라는
건 옳지 않다. 관성의 법칙을 들먹이지 않더라도, 아무리 죽고
못 사는 사랑이고 사람이라도, 시간이 가면 의식도 몸도 원위치
로 돌아가기 마련이니 모든 것은 변할 수밖에.

　살아있는 존재에게 적용해서는 안 되는 원칙이 있다면 불변이
다. 그러므로 사랑을 볼모로 애써 그대에게 물들려 하지 않는 게
좋다. 사랑은 당신이 그대에게, 그대가 당신에게 물드는 것이 아
니라 있는 그대로를 인정하고 받아들이는 것. 크게 보고 오래 함

께 하려면 상대를 내 방식대로 길들이기보다 그를 이해하고 인정하는 쪽이 훨씬 덜 소모적일 테니까.

체화된 것은 변하지 않는다. 잘잘못을 지적하고 억지로 맞추려다 보면 부작용이 나타나고, 결국은 파국을 맞게 되는 것이 많은 이들이 겪는 수순이다. 사랑이 활화산처럼 타오를 때 '이 사람이면 되겠구나' 하는 확신으로 결혼을 선택하지만, 그토록 뜨겁던 사랑도 일상으로 돌아갔을 때 그 역시 당신을 만나기 전의 그로 돌아가기 일쑤가 아니던가. 행하는 쪽은 '내가 뭘?' 할 것이고 당하는 쪽은 '네가 변했다' 할 것이니 어찌 상대만 탓할까. 생각해 보자. 당신도 한때는 죽을 만큼 타올랐던 사랑을 밍밍한 일상으로 되돌린 사람은 아닌지.

단골 숲에 갈 때마다 눈을 맞추는 어린 나무가 있다. 그곳에 터를 잡고 숲을 이룬 나무들이 적잖은 세월을 살아낸 할아버지 나무라면 이 나무는 태어난 지 얼마 되지 않는 증손자쯤 될까. 내가 이 작은 나무를 의식하게 된 지는 3년은 되었지 싶다. 어느 날 숲은 폭설에 파묻혀 있었고 사람들이 쉬어가는 벤치 곁에서 뭔가 꼬물거리는 것 같아 '이게 뭐지?' 하면서 발로 톡 건드렸을 뿐인데, 눈 속에 얼굴을 묻고 있던 가지가 벌떡 일어나는 모양새는 마치 신장개업을 알리는 사람 모양의 춤추는 바람 풍선 같아서 우습기도 하고 놀랍기도 했던 기억. 하지만 겨울 숲에서 그런 나무를 대하는 건 흔한 일이어서 대수롭지 않게 여겼고, 나는 한 이태 그의 존재를 잊고 있었다.

소나무 전나무 구상나무 같은 침엽수 씨앗들은 바람을 타고 날다가 여기저기 착지를 하고 나면 겨울이 오기 전에 서둘러 발아를 한다. 그 결과 겨울이 오면 키가 이쑤시개보다 작은 묘목들이 옹기종기 모여 서로의 온기로 혹한을 견디는 걸 보게 되는데, 아무리 작은 생물일지라도 그들과 눈을 맞추다 보면 숙연해지고 만다. 그러나 가문비 숲에서 만난 이 작은 나무는 남의 둥지에 알을 낳고 사라지는 뻐꾸기의 탁란을 의심케 하였으니, 키가 조금씩 자랄 때마다 이 나무가 가문비 숲의 일원으로 사는 듯 보이나 왠지 이방인 같고 가문비의 자손이 아닌 것 같다는 생각이 드는 건    까.

얼마 전 한참 만에 찾아간 숲에서 겨울을 이기고 제법 당당해진 그 손자 나무를 만났다. 이른 아침이었는데 방금 도착한 햇살이 손자 나무가 있는 자리를 환하게 비추었고, 그 주변으로 듬직한 할아버지 나무들이 손자 나무의 순조로운 생장을 위해 공동 육아를 담당하고 있는 듯 참으로 든든하고 좋아 보였다. 하늘을 찌르는 가문비 숲에서 이방인 같은 어린 것이 도태되지 않고 저

만큼이라도 자랄 수 있었던 이유가 사랑 말고 또 있을까. 전나무는 전나무로 살고 가문비나무는 가문비나무로 사는 게 맞다. 그러나 같은 뿌리와 혈통을 가진 자라도 자기 영역을 침범했을 때 무조건 관대하기만 할까.

동물이나 식물은 서로 지지 않으려고 이기지 않는 것이 아니고, 이기지 않기 위해, 지는 것을 고민하지도 않는다고 했다. 밥을 먹다가도 산벚 꽃잎 떠가는 개울을 건너다가도 그대와 눈이 마주치면 절로 미소가 번지고 고개가 끄덕여지듯, 그런 것이겠지. 때맞춰 피고 지는 지상의 만물들. 그리고 사랑은,

봄은 신께서 지구에 존재하는 모든 생명에게 새 힘을 불어 넣어주는 특별 시즌이다. 하나뿐인 손자 나무가 조금 더 자라면 그가 어디서 누구로부터 왔는지 정체성을 보여줄 것이다. 그가 정말 오목눈이 둥지에 탁란을 한 뻐꾸기 자식인지 진짜 가문비가 낳은 자손인지, 저 어린 나무의 비밀이 만천하에 드러나더라도 저 나무는 저 나무로 존재감을 잃지 않고 꿋꿋이 살아갈 것이다. 진정한 의미에서 화합이란 나는 나로 살고, 너는 너로 사는 것, 내가 손자 나무에게 바라는 것도 그뿐.

가
문
비
도
서
관

힐링,

　위로가 필요한 사람만이 숲행을 하는 건 아니다. 나무 중독자와 활자 중독자의 동일점은 지나치게 감정 소비를 한다는 점, 숲은 우주를 담은 도서관, 나무는 제각각 한 권의 독립된 책으로 집대성한 경전에 다름 아니며 만약 당신이 눈이 어두워 경전을 읽을 수 없다면 숲으로 가 초록 공기에 흠뻑 젖어보자. 어두운 눈은 밝아지고 어두운 귀도 열려 모든 경전을 읽고 모든 계송을 따라 부르게 되리라.

나는, 아껴 읽던 책의 마지막 페이지를 덮을 때도 좋고, 오래 붙잡고 끙끙대던 원고에 마침표를 찍을 때도 좋지만 밤새 씨름 하던 원고를 봉인하고 서재를 빠져나와 홀로 고요한 숲을 거닐 때 몹시 행복하다.

지금은 밤을 건너 슈베르트의 세레나데가 흐르는 새벽이다. 말과 생각에 휘둘리지 않고 그 속에 흠뻑 젖어든 사람은 대상과 적대하지 아니하고 안도 아니고 밖도 아닌 대상 그 자체가 되는 것이 가장 이상적이지 않을까. 지금 나는 나무 사원을 걷다가 눈을 감고 잠시 전나무에 등을 기댄 동안에 찾아온 꿈을 역추적 중이다.

부드럽다 흙냄새. 산중 새벽 공기는 어찌 이리도 신선하고 달콤할까. 꿀벌이 앵앵대는 아카시 숲 지나 산 초입에서 딩동! 번호표를 뽑고 보니 1번이다. 이 번호표는 가문비 도서관에 비치된 나무라는 책을 열람할 수 있는 일종의 프리 독서 티켓이다. 새들의 지저귐으로 환영을 받으며 단골석에 가방을 내려놓고 로봇이 뽑아주는 오늘의 첫 차를 한 모금 머금는다. 오늘도 내게 신성한 하루를 주신 그분께 짧은 기도를 드린다. 볕이 잘 드는 서고에는 지난주엔 보지 못했던 연두색 장정의 신간들로 빼곡하다. 읽어야 할 책에서 눈을 떼지 못한다. 오후가 되자 사람들은 하나 둘 초록 신간을 보기 위해 가문비 도서관을 찾고 있다.

　오늘은 몇 권의 나무 책을 읽었던가. 오늘 내가 읽은 책은 시집들이다. 이러고도 나무가 하늘이 되고 구름이 되고 신의 대리인이 되는 이유를 알지 못한다면 숲은 있어도 없는 것이겠지. 가문비 숲과 친해지면서 내 머리는 전에 없던 호기심으로 복잡해졌고 나는 나날이 즐거운 관찰자가 되어가고 있다. 지금은 나무와 새들의 노래에 취해 있지만 오늘도 내 독서노트엔 소소한 기록들로 빼곡하다. 책이 꽂힌 서고를 보면 세상에서 가장 작은 도서관일 수 있겠으나 주변 환경과 내면을 알면 생각은 달라질 것이다.

허
공
에
갇
히
다

정상에 올라 거대한 풍경을 발아래 두는 일, 아이 손을 잡고 들판으로 나가 나무를 심거나 꽃밭을 돌보는 일, 노동은 물론 모든 활동의 구체적인 연결고리의 바탕은 걷기다. 그러므로 건강한 걷기는 행복한 일상과 직결되며 여기서 행복이란 결과에 집중하기보다 과정의 즐거움에 더 가깝다고 봐야 한다.

보통 사람에게 걷기는 당연한 일상이지만 어떤 사람에겐 특별한 행위가 된다. 걷기는 매번 같은 곳을 가더라도 새로운 세계를 향해 열려있음을 의미한다.

'걸을 수 있는데 걷지 않는 건 신을 모독하는 일'이라 했다. 신이 얼마나 오랫동안 이 아름답고 오묘한 세계를 당신을 위해 준비해 왔는지 당신의 알아야 할 의무가 있다고. 걸을 수 있다면 당신은 어디든 갈 수 있으며 무엇이든 할 수 있다. 중요한 것은 내일이 아니라 지금 당장 자리에서 일어나 대문을 박차고 나가는 일이다.

대관령 하늘목장의 트랙터 마차는 정상에서 15분 정차한 후 출발지로 회향한다. 휘이휘이~ 바람이 깊은 골짜기를 가로질러 안개를 이 산에서 저 산으로 옮겨가는 소리는 고막을 찢을 듯 크고 위협적이다. 나는 낯선 별에 불시착한 노매드가 된 듯 혼란스럽다. 안개는 몸을 소금에 절인 듯 눅눅하게 했고 바람은 차고 매서웠다. 나는 한자리에서 견딜 수 있을 만큼 부동으로 서있었다. 눈을 감았다 뜨기를 얼마쯤 반복했을 그때 나는 내가 서 있는 곳이 그렇게 찾아 헤맨 니르바나라는 걸 직감했다. 정확히 15분 후 마차는 다시 와 사람들을 쏟아놓았지만 15분 후 다시 나는 혼자가 되었다. 그러기를 서너 차례.

나를 태운 마차는 안갯속으로 사라지고 다시는 돌아오지 않았다. 순간이었지만 바람이 안개를 걷어갈 때 알았다. 한 치 앞도 분간하기 힘든 미답의 공간에 남은 사람은 오직 나뿐이란걸.

나는 옷깃을 여미고 아직 풀이 돋아나지 않는 목초지 산책로를 따라 아주 조금씩 안개가 열어주는 길을 따라 더듬더듬 걷기 시작했다. 봄기운이 흙을 부드럽게 풀어놓아선지 싸한 온도에도 걸음은 한결 가벼웠다. 목장 길을 따라 1시간쯤 완만한 내리막을 걷는 동안 나는 왠지 모르게 스코틀랜드에서 느꼈던 원시적 바람을 그대로 느꼈다.

하늘목장의 나무들은 지의류의 표본실을 연상하게 한다. 나무의 몸피에 새겨진 다양하고 아름다운 그림들, 그리고 이제 본색을 띠기 시작한 연두색 이끼들. 긴 겨울을 견딘 나무의 몸피는 죽은 나무처럼 칙칙한 색을 띠고 있으나 자세히 보니 아주 독특하고 예쁜 모양의 꽃을 달고 있다. 꽃이 아닌데 꽃인 척하는 저것, '지의류'란다.

지의류地衣類, 지구 어디든 살 수 있는 강인한 생물이어서 '땅의 옷'이란 이름으로도 불린다. 적도에서 남극 북극까지. 바닷가에서 6,000m 고도의 고산지역, 도시의 보도블록과 콘크리트, 사막 등 어디에서든 살 수 있는 생물이다. 우리가 흔히 곰팡이로 알고 있는 이것은 곰팡이류도 버섯류도 아니다. 숲속 나무 몸피든 바위든 어떤 악조건에서도 살아남는 생물 지의류는 하나의 단일 생물이 아니며, 하얀 균체의 곰팡이와 녹색, 청남색의 조류가 만나 공동생활을 하는 공생체인 '균류'로 강인한 종이지만 자라는 속도는 매우 느려 1년에 겨우 1mm 정도 자란다. 지의류, 눈에 익은 생물체지만 다시 보게 되면 한 번쯤 눈을 맞추고 이름을 불러주는 것도 좋을 듯하다.

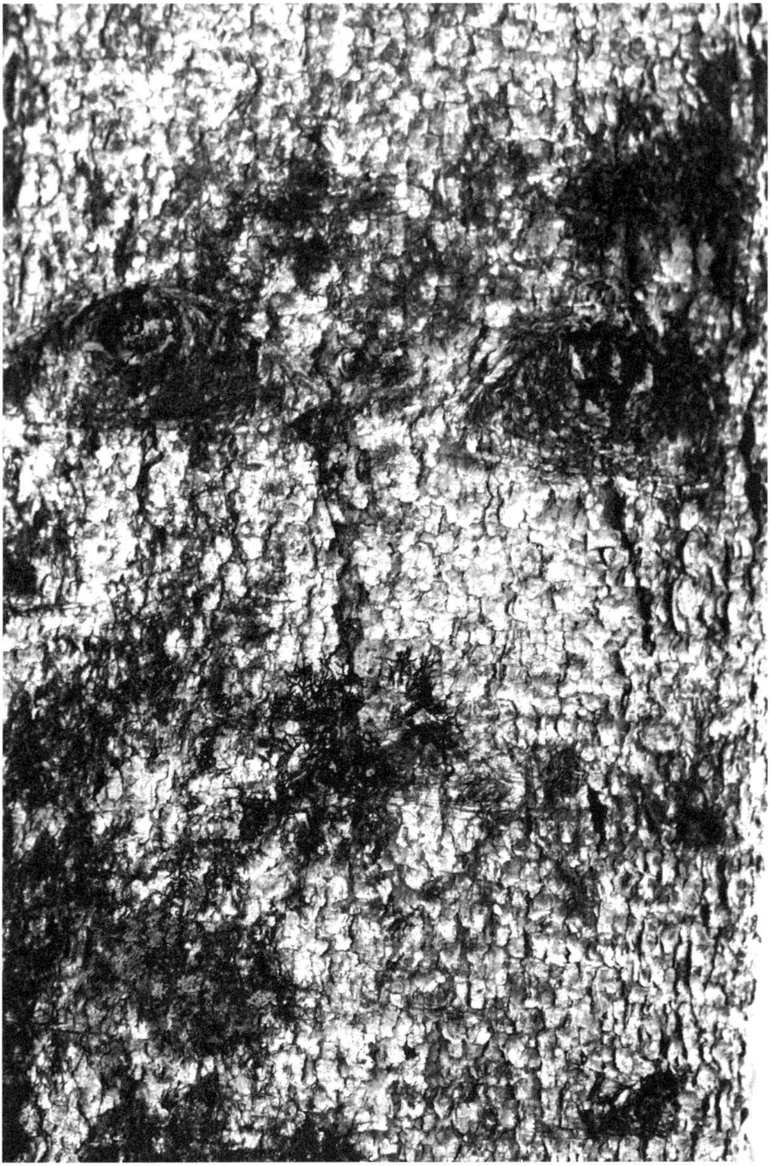

이
제
우
리
는
어
떻
게
해
야
할
까

현대인들은 몸을 쓰는 육체노동보다 앉아서 보는 업무가 많아 운동 부족에 시달린다고 한다. 숲의 풍부한 음이온은 사람의 양이온을 상쇄하며 자율신경을 안정시켜준다는데 음이온은 활엽수보다 소나무 전나무와 같은 침엽수에 풍부하며 도심과 비교했을 때 숲 가까운 곳에 사는 사람은 최고 70배 많은 혜택을 누린다고 한다. 건강한 삶을 위해 삼림욕의 효과를 알려주는 곳이 늘어나는 이유도 여기에 있다. 가능하다면 흙길을 걷는 게 좋다. 흙은 몸을 받아주고 충격을 흡수해 심신의 피로도를 줄이고 오감을 즐겁게 함으로써 힐링에 도움을 주는 것으로 알고 있다.

숲이 주는 유형무형의 혜택들은 무한하다. 자신도 모르게 정갈하고 싱그러운 기운이 지친 심신을 쾌적하게 하고 있다는 걸 느끼고 자연과 나, 일대일 대면으로 텅 비움, 내려놓음, 순간순간을 알아차림으로써 얻게 되는 평온과 평안, 하나도 같은 것이 없고 어느 것도 다르지 않는 일체적 통일감, 부드럽고 너그러운 포용감, 곡선이 주는 위로 등 그것은 화로 뭉친 육신의 치유는 물론 소중한 자신의 몸을 스스로 괴롭혀서는 안된다는 질병의 예방효과까지 좋은 점을 들라면 끝이 없을 것이다.

눈에 보이지 않지만 숲 안을 채우고 있는 공기는 식물이 주위의 병원균으로부터 자신을 지키기 위해 발산하는 일종의 자기방어 물질이 포함되어 있다. 우리가 알고 있는 '피톤치드'라는 물질도 그에 속한다.

우람한 산림은 민둥산에 비해 3.4배나 많은 물을 토양이나 나무뿌리에 저장해 두었다가 필요시 방출한다. 나무가 가뭄이나 홍수조절에 탁월한 역할을 하는 건 그런 이유다. 또한 현재의 과학기술로는 배출된 이산화탄소를 적정 수준으로 제거 유지한다는 것은 불가능하며, 이를 위한 방편으로 아직은 산림과 같은 자연자원을 활용하는 것이 최선이라고 전문가들은 입을 모은다.

숲의 주요 업무는 지구의 열을 식혀 주는 것이다. 산림의 이러한 기후(온도) 조절 기능은 수종에 따른 잎의 밀도, 잎의 모양이나 가지 형태에 따라 다르지만 온도가 높은 도시 주변에 활엽수림을 조성하면, 여름엔 잎에 의한 태양광의 차단과 증발에 의한 열을 내릴 수 있고 겨울엔 쌓인 낙엽이 수관층을 형성하지 않아 반대 효과를 얻을 수 있다. 이렇듯 숲이 우리 생활에 직간접으로 주는 혜택은 삶의 질과 생존 유무를 좌우할 만큼 크고 포괄적이다. 나무 한 그루 심지 않고 여름 내 자동차나 집안에서 에어컨을 주저 없이 가동한다면 그 결과는 고스란히 나와 아이들이 져야 할 짐으로 남게 될 것이다. 그렇다면, 이제 우리는 어떻게 해야 할까.

존재의 마지막 경유지는 고독

설국이다.

눈은 한 달 가까이 밤에도 오고 낮에도 왔다. 이제 그칠 때도 되었는데, 실내를 서성대며 곧 끝날 겨울 서정을 만끽하고 있다. 저 깊은 눈 속에도 봄을 준비하는 손길은 분주할 것이다.

길 건너 언덕 저편 자작나무가 서있는 밭 가운데 시야는 흐리지만 아까부터 작은 물체 하나가 이동하는 것이 보였다. 사방이 백색이니 마른 나뭇가지가 바람에 굴러다니나 보다 하고 나는 점심을 준비하고 먹는 동안 나뭇가지로 추정되는 존재를 잊고 있었다.

한참 후 망원경을 찾아 좀 전 그 자리에 있던 물체를 추적하기 시작했다. 그런데 여전히 나뭇가지로 보이는 그 물체가 계곡 쪽으로 이동하고 있다는 확신이 서자 나의 심박 수는 가파르게 상승했다. 그제야 그것이 고라나나 노루 같은 산짐승이라는 걸 알았다. 그렇다고 내가 저 눈을 뚫고 먹이를 들고 산으로 달려갈 수 있는 상황은 아니어서 나는 녀석이 사라진 자리에서 눈을 떼지 못하고 힘내라는 마음의 주문만 거듭하고 있다.

눈이 멈출 기미를 보이지 않자 먹을 것을 찾아 마을로 내려왔다가 그도 여의치 않으니 다시 산으로 돌아가려다 눈에 몸이 빠져 저리 낭패를 보고 있는 것이다. 걸음이 더딘 것도 그렇지만 한 걸음 한 걸음 옮길 때마다 상체만 보이고 나중엔 머리만 보이다가 그조차 서서히 시야에서 사라지고 만, 분명 비탈을 올라서지 못하고 저기 어디쯤에서 기운을 잃고 쓰러져 최후의 시간을 맞이하지 않았을까 싶다. 저 밭 하나 몸을 끌며 밀며 가로질러 가는 데 몇 시간이 걸렸고, 마지막으로 아무도 지켜봐 주지 않는 차가운 눈[雪] 위에서 두 눈 감을 때 얼마나 두렵고 쓸쓸했을까. 추위와 허기, 외로움과 고독감은 오죽했을까.

해동이 되어 산을 오르다 보면 마을 가까운 곳에 이미 백골이 된 짐승의 두개골을 봄맞이 연례행사처럼 보게 된다. 그들의 마지막 자리를 보면 하나같이 작은 오르막 앞에서 죽음이라는 마지막 통첩을 받고 무릎을 꿇었다는 걸 알 수 있다.

　마른 가지에 새순이 돋고 산짐승이 쓰러진 자리에도 잎이 피고 꽃이 피는 걸 보면, 꽃 앞에 엎드려 있는 내 하루하루의 삶도 만감이 교차하나 산짐승이 쓰러진 자리에 기적처럼 나타난 부활과 윤회. 아름드리 잎갈나무에 등을 기대고 앉아 봄볕을 즐기는 바람꽃 무리, 복수초 얼레지꽃 제비꽃이 바튼을 이어 피고 지는 저들을 보고 있노라면 오늘 이 하루 또한 대책 없이 뭉클해질 수밖에.

# 숲을 거닐다

❀

**초판 1쇄 발행**   2024년 10월 01일

❀

**글쓴이**   김인자

**펴낸이**   김왕기
**편집부**   원선화, 김한솔
**디자인**   푸른영토 디자인실

❀

**펴낸곳**   **푸른문학**
 　　　　　주소　　　경기도 고양시 일산동구 장항동 865 코오롱레이크폴리스1차 A동 908호
 　　　　　전화　　　(대표)031-925-2327, 070-7477-0386~9 · 팩스 | 031-925-2328
 　　　　　등록번호　제396-2013-000070호
 　　　　　홈페이지　www.blueterritory.com
 　　　　　전자우편　book@blueterritory.com

❀

ISBN 979-11-987087-5-5   03810
ⓒ김인자, 2024

푸른문학은 푸른영토의 임프린트 입니다.